マドンナメイト文庫

M女子学院ゴルフ部巨乳特待生 闇の絶頂レッスン

藤 隆生

目次
contents

第1章 M女子学院ゴルフ部特待生……7
第2章 恥辱の特別プログラム……46
第3章 性感開発のダブル絶頂……102
第4章 痴漢師による羞恥地獄……135
第5章 磔刑での処女破瓜アクメ……167
第6章 衆人環視の浣腸ショー……203
第7章 二穴責めに喘ぐマゾ少女……234

M女子学院ゴルフ部巨乳特待生 闇の絶頂レッスン

第一章　M女子学院ゴルフ部特待生

――そう遠くない未来。

この国ではアスリート育成を目指した法改正が行われた。

中学や高校からその競技における特別校を指定し、全寮制で一流のコーチやトレーナー、栄養士による指導を実施し世界に通じる選手を育成するのが目的だ。

特待生に選ばれた生徒は学費や寮費免除だけでなく、自己負担なしに最高の設備を使えるが、その分、実績があげられない生徒は容赦なく切り捨てられる。

それらがすべて国家の方針としてシステム化され運用されていた――。

「体育科二年、辰巳愛香（たつみあいか）。午後二時に校長室に来るように」

午前の授業が終わり昼食に向かおうとすると、事務員がわざわざ教室にまでやって来て、そう告げた。

「は、はい……」

体育科と呼ばれているが、実質はゴルフ科と言ってもいいM女子学院ゴルフ部の特待生である愛香は、自分が校長室に呼ばれる理由に察しがついていた。

(きっと進級の話だわ……)

白のブラウスにリボン、スカートはチェック柄。M女子学院は歴史あるお嬢様学校で一般生徒の学費も高額になるらしい。

「らしい」というのは将来のプロゴルファーを期待されて特待生として入学した愛香は、学費はおろか寮費や道具費までもすべて学校の負担だ。

だからどのくらいの授業料がかかるのかも知らないが、母子家庭の愛香の家ではとうてい払えない金額だというのは知っている。

(お母さんをがっかりさせるわけにいかないわ。なんとか学校に残らないと、ケガもよくなったし)

子供のゴルフ教室で才能があると言われた愛香を、母は懸命に応援してレッスン費などを捻出してくれた。

高校はこの学校に合格したことで、親の負担は一円もない。だが校長がもう無理だと判断したら愛香は退学となり、公立高校に編入をしなければならなくなる。

そうなればプロゴルファーになる道はほぼ閉ざされると言っていい。ゴルフでプロになるためにはかなりの費用がかかるからだ。

「二年の辰巳です。失礼します」

愛香は一年時の成績はよかったのだが、今年は膝の故障に悩まされて低迷していた。公傷として休む制度もあるのだが、それを適用されるには前年の大会などでの高い実績が必要で愛香はわずかに足りなかった。

ただもう少しで公傷制度が使えるくらいのレベルではあったので、校長の判断で残れるかもしれない。それが愛香にとってわずかな希望だった。

「入りなさい」

ノックした校長室のドアの向こうから低い声が聞こえてきて、中に入る。

校長であると同時にこのM女子学院の経営者でもある村山源造は、豪華な感じのする木製の机の向こうに座っていた。

そしてその前に一人の先客がいた。

(奈月さんも、やっぱり)

ゆったり目のデザインの制服のブラウスとチェックのスカート姿でも、すぐにわかるくらいにすらりとしたモデルのようなスタイルを誇る美少女。

愛香と同じように特待生としてゴルフ部に所属する二年生の峰岸(みねぎし)奈月だ。

ショートカットが似合う彼女は、すっきりした切れ長の瞳に高い鼻、少し大きめの唇をしたちょっと中性的な容姿を持ち、女子からラブレターをもらうこともあるらしかった。

「愛香さん……」

部のルールでたとえ同級生であってもさん付けで呼ぶことになっている。奈月は少し切なそうな目で愛香を見たあと、校長のほうに向き直った。

彼女がここにいるだろうことは愛香も予想していた。奈月は一年時はトップの成績だったのだが、今年は故障もないのに謎の不調に襲われ成績を落とし、退学の対象者となっていた。

愛香とは同じゴルフ部のメンバーだが、ライバル関係にもなるので、仲のいい友だちというわけではなかった。

「その様子だと、どうして今日ここに呼ばれたのかおおよその察しはついているみたいだね。そう、君たちの進級についてだ」

奈月と愛香、二人揃ったところで校長が身体を乗り出した。

源造の歳は五十代。恰幅(かっぷく)がよくて見た目にも威圧感がある。

代々このM女子学院を経営してきた一族の人間で、ゴルフの強化指定校になったのはゴルフ好きである彼の意向によるものだ。

(やだ、また見てる……)

ただ源造は好色というか、はっきりとセクハラ的な発言や行為があるわけではないが、ゴルフ部の見学に来たときなど、生徒たちの身体をじっと見つめてくるのだ。

これは愛香個人の感想ではなく、他の部員たちも気がついていて、ときおり、生徒だけのときに話題にのぼることがあった。

(奈月さんもいやな顔をしてる)

スタイルのいい奈月の驚くほど長く白い脚を見つめたあと、細身の身体には不似合いに膨らんだバストを源造は黙って見つめている。

そして彼の目はその隣に立つ愛香に向けられた。愛香はとくに背が高いわけではないが、トレーニングされた肉感的なボディをしている。

とくに高校生離れしているのはヒップと乳房で、スカートの下の桃尻は九十センチ、緩めのブラウスを着ていても生地が張っている乳房はGカップもあった。

「では、本題に入ろうか」

じっと視線に耐えていると、ようやく源造が話しだした。

「もうわかっているかもしれないが、君たち二人は体育科の特待生として進級することはできない。一般生徒と同様に学費を納めて一般生徒になるか、公立校に転校だ」

少々にやけ顔で二人の身体を見つめていた源造だったが、急に厳しい表情になった。

「そ、そんな私たちは復調しています。もう少し時間をもらえれば」

校長の言葉に奈月がすぐに反応した。ゴルフ以外ではおとなしめの性格の愛香とは違い、彼女はふだんから気が強い。

そして奈月の言葉どおり、愛香も彼女もここ数カ月は徐々にスコアも上昇していた。

「それはもうルールで決まっていることだ。国の指定校である以上は仕方がない。うちに残る場合もゴルフ部は退部となる」

高校生の奈月が少しくらい強い声を出しても、源造はただ淡々とルールであると告げるのみだ。

ゴルフ部が強化指定校の認定を受けてから十年以上。こんな場面も慣れているのだろう。

「ただ……確かに成績が少しずつあがってきているというのは事実だね。ではひとつだけ救済措置を提案しよう」

もうすべてが終わりだと愛香がうなだれていると、源造が突然、そんなことを口にした。

奈月も愛香もはっとしたように顔をあげて机に座る源造を見た。

「ただし、いまから私が言うことは絶対に口外無用だ。ポケットの中身も全部出してもらう」

源造に言われて、愛香も奈月も目の前の大きな校長用の机の上にポケットの中身を出した。

とは言ってもこの学校では一般生徒も校内ではスマホもカバンから出してはならない校則があるので、ハンカチとポケットティッシュくらいだ。

「ふむ、ちゃんと校則を守っていて偉いね。ではモニタのほうを見なさい」

少し柔和な表情になった源造はリモコンを操作して動画を再生しはじめた。

『あっ、ああっ、あああん、そこ、ああっ、いい、気持ちいい』

大画面のモニタにいきなり裸の女が現れ、色黒の男とセックスをしている様子が再生されはじめた。

「ええっ」

奈月も愛香も声をあげて口を塞いだ。これがいわゆるアダルトビデオだということはなんとなくわかる。

なんとなくというのは、入学時から寮で暮らす愛香は同級生たちから話で聞いたことはあっても実物を見るのは初めてだったからだ。

「え……沢市(さわいち)先輩……」

あまりに卑猥な映像に、源造はなんのつもりなのかと思ったとき、愛香は画面の中で悶え泣く女優の顔を見て声をあげた。

見間違えでなければ、去年、いまの愛香たちと同じように成績不足で進級できずに退学していった一学年上の沢市千里(ちさと)だ。

非常に美しい容姿をした人で後輩にも優しかったので、下級生はみんな残念に思っていた。

「えっ、沢市さん」

愛香の呟きを聞いて奈月も驚いている。ただ彼女も画面の中で快感まで口にしてる女が千里だとわかった様子だ。

「そうだ。彼女はもう十八歳になったからな。もうすぐAV女優としてデビューの予定だ。もちろん名前は芸名になるがな」

いつもとは比べものにならないくらいに露骨で淫靡な笑みを浮かべた源造は、愛香たちを見つめてきた。

「デビュー？」

ＡＶ女優のことについて詳しいわけではないので愛香にはよくわからない。ただ画面の中の千里は見たこともないような淫靡な顔をしていて、ただ呆然となるばかりだ。

「ど、どうしてこんなのを私たちに……」

驚きに固まっているのは奈月も同じだったが、すぐに彼女は自分を取り戻したように源造のほうを振り返った。

そうだ、源造がわざわざ千里の動画を自分たちに見せたということは、なにか意味があるはずだ。

「さすがは一流アスリート一家の末娘。察しがいいな。頭のほうもなかなかだ」

源造は奈月のほうを向いてニヤリと笑った。奈月の両親は陸上競技で全国レベルだった人で兄弟たちは別の競技でプロ選手や実業団に入って活躍している。

親からの遺伝子だろうか、奈月は体育の授業でゴルフ以外のスポーツをやらせても抜群の能力を誇っていた。

「家のことは関係ないはずです」

源造の言葉に奈月はきつい目つきになって反論した。彼女は自分が兄弟たちに比べて全国大会などで結果を出していないのを、かなり気にしていると聞いたことがあった。

「ふふ、確かに。では本題に入ろう、彼女は去年、いまの君たちと同じように退部の対象者となった。それを取り消すために自分の肉体を賭けて戦って、そして敗れたのだ」

革張りの高級そうなイスに座ったまま、源造は少し大げさに語りだした。

「うちのゴルフ部には後援会、いわゆるスポンサーたちがいるのは知っているね」

M女子学院のゴルフ部には後援会組織があり、ゴルフ好きの会社の社長などが出資しているという。

ただ部員である愛香たちはほとんど接点はなく、生徒たちが授業をしている時間に、練習施設を使ったりコーチに指導を受けたりしているらしかった。

「成績のふるわない選手は退部。これはルールで決まっている。だが我が校ゴルフ部では後援会理事の推薦とその生徒の活動費の出資があった場合のみ復帰が認められるのだ」

源造のその話と千里がAV女優になるということには繋がりがない。モニタのスピーカーからはいまだ千里の喘ぎ声が響いてくる。

ゴルフ一筋で彼氏どころか男と手を繋いだこともない愛香は、恥ずかしくて話も頭に入ってこない。

「ただ後援会のみなさんも、能力の足りない生徒にただお金を出すほど親切ではない。そんなことをしても結局本人のためにならないからな。フィジカルも、そして心も強いということを三カ月の研修の中で示した者のみが復部となるのだ」

ここでなぜか源造は千里のセックスが流れるモニタのボリュームをあげた。

校長室に十八歳の美少女の淫らな声が響き渡る。

「ただし参加者は自らの肉体を賭けてもらう。もし不合格になった場合は沢市千里のようにAV女優としてデビューすることになる」

「そんな、ええっ」

とんでもない提案に絶句する愛香の隣で奈月が引き攣った声をあげた。

当たり前だ。合格できなかったからと言って裸の仕事につかなければならないという意味が理解できない。

「自分の身体を賭けるという緊張感の中で勝利をもぎ取る。それができない人間を復活させる必要などない」

源造はそう言ってようやく千里のセックス動画の再生を止めた。

「それに心のプレッシャーに打ち克つだけではない。参加する生徒には自分の肉体とも戦ってもらう」

再びリモコンを手にして源造が操作すると、ゴルフ場の映像に切り替わった。

第一打目を打つティグラウンドとおぼしき場所に、ビキニ姿の美少女が立っていた。その周りをゴルフウエアの中年男たちが取り囲んでいた。

『さあ、千里くん。いまからなにが行われるのかカメラに向かって宣言するんだ』

服を着た男たちの中に赤いビキニの女の子がいる。その異様な光景に見入っていると、源造の声が聞こえてきた。

源造がカメラを構えて撮影をしているのだろう。

『わ、私はゴルフ部に復帰するための特別試合に参加します。一ホールごとに股間に電マを三分間あてたあと会員の代表者の方と五ホールを戦います』

恥ずかしげに頬を染めた千里がカメラから少し目を背けながらそう言った。

ビキニの胸元がこんもりと盛りあがり、少しエッチな感じはするが、その奥ゆかしさを感じさせる表情は愛香も知る彼女だ。

(電マってなに……)

その千里から出てきた知らない言葉に愛香は首をかしげた。

『よし、ではストロークプレーで五ホール。君が敗れた場合はどうなるんだ？』

カメラを持っているので顔は見えない源造の声だけがテレビのスピーカーから聞こえた。

『あ……ああ……次の試合までの二週間……千里は後援会のみなさまによって身体の性感を開発されることになります』

たどたどしい言葉で千里は耳まで真っ赤にしてそう言った。

（身体を開発って……そ、そんな……）

うぶな愛香でも「開発」というのが性的なものであるというのは、千里の顔を見ていればわかる。

先ほど源造が言った自分の肉体とも戦うというのはこのことなのだろうか。愛香はただただ恐ろしかった。

「後援会のみなさんによるAV女優になるための性のトレーニングを受けてもらう。その中でちゃんと自分のコンディションやメンタルを維持しながら、研修中に行われる試合で結果を出すのだ」

源造はあらためて愛香と奈月の身体を見つめてきた。

「そんな、ただの変態行為じゃないですか」

奈月も納得がいかない様子で切れ長の瞳をつりあげている。確かにそうだ、なんだかんだと理由をつけて女子生徒を嬲りたいだけではないのか。

「その変態行為に耐え抜くことで自分がクビになるような選手ではないと示すのだ。ただ我々にだって慈悲はあるぞ。五試合の中で一度でも勝てば即復帰だ」

その言葉に愛香も奈月も目を見開いた。ただ三カ月耐えろというのではなく、勝てばすぐに進級が決まるのだ。

『では三分間の電マを開始する』

ならば一回目の試合で勝てばいいのだと愛香が思ったとき、モニタから変なセリフが聞こえてきて、そちらに顔を向けた。

『はい、あっ、あああ、あくう、あああああ』

電マと呼ばれているのは拳大のヘッドに持ち手が繋がる機械だった。モーター音と共にヘッドが強く振動しそれが千里のビキニの股間に押しあてられた。

「ああっ、はうっ、はあああああん、いやっ、ああ」

ティグラウンドの芝生のうえでビキニ姿の美しい少女が立ったまま腰をくねらせている。その足元でゴルフウエアの男が電マを彼女の股間に突きあげていた。

千里は小ぶりながら形のいいヒップをなよなよと揺らし、真っ赤になった顔を歪ませて淫らな声をあげていた。

（あ……アソコを震わされている……）

震えるヘッドが、赤いビキニのパンティ越しに、クリトリスのあたりを捉えているのがわかる。

年頃の愛香もベッドの中でそこに触れてしまうことがあったが、変な声が出てしまいそうになり、慌てて手を離した覚えがあった。

『あああん、はあああん、だめえ、ああっ』

ただ千里の反応はかなり強いもので、髪を乱して頭を振り、唇を大きく割り開いて悶え泣いている。

電マという道具の振動が強烈すぎるのか、千里が敏感なのかそれは愛香にはわからなかった。

『ちゃんとイクときはイクっていうルールだぞ、わかっているのか』

愛香の足元にしゃがんで電マをあてがっている男が言うと、千里は力なく頷（うなず）いた。

『あ、あああん、もうだめ、ああああっ、千里、イキます、クリでイク』

そして次の瞬間、赤ビキニで立つスレンダーな身体が大きくのけぞって震えた。

『ああ、イッてます、あっ、ああ、あああ』

何度が激しく身体を痙攣させたあと、千里はがっくりとうなだれた。

それを見届けて電マを持った男とが離れると、千里はその場に崩れるように膝をついた。

『よし、千里選手。一分以内にティショットを打ちなさい。ルールだ』

『ああ、はい』

源造になぜか下の名前で呼ばれた千里はフラフラと立ちあがると、ドライバーを構える。だが息はあがっているし、目の焦点も定まっていないように思えた。

『残念、OBだな』

ショットすると同時に後援会の人間が口にしてしまうほど、千里の一打目は大きく曲がってフェアウェイの向こうにある林に吸い込まれた。

千里はドライバーが得意なほうだったと愛香は記憶しているが、あんな状態ではまともにショットできるはずもなかった。

『打ち直しだ』

そのまま千里はもう一度打ち、今度はフェアウェイを捉えたが明らかに飛距離が出ていない。

対戦相手となる後援会の代表という男は無難にショットする。会ったことはない人間だが、それなりの実力者であることはわかった。

『よし、いこう。その前に五ホール終わって君が負けた場合はどうなるんだ？　ちゃんとカメラに向かって言ってくれ』

うなずいて自分のゴルフバッグを担ごうとした千里に、源造が告げた。

『ああ……もし負けたら次の試合までの二週間、ＡＶ女優になるための性感開発のトレーニングを理事のみなさんにしていただきます』

いかにも言わされているような感じで画面の中の千里はそう口にした。

ＡＶに出るためのトレーニング。内容の想像はつかなくても淫靡なものであるというのは愛香にもわかり、背筋がゾクリと震えた。

「三カ月の間、毎日、理事たちによって一流のＡＶ女優になるためにいろいろな特訓を受けるんだ。それは試合に負けるたびに過激になっていく。止めるためには試合に勝つしかないということだな」

したり顔で源造がそう付け加えたところで千里が二打目を放った。慎重になるあまりか、相手の一打目にも届いていない。正直、もう見ていられなかった。

「こんなのひどい……自分の力が出せるわけがないじゃないですか」

握りこぶしを作って奈月が源造を睨みつけた。女の敏感な箇所を責められて絶頂させられ、まともにゴルフができるとは愛香にも思えなかった。

「これが自分と戦うということだ。快感を堪え、イカされたあとも集中してショットを打つ。それでこそ特待生を外された生徒にお金を出して戻す価値があると、理事さんたちも納得できるのではないかね」

国がそう定めたルールでは成績が悪かった特待生は、退学か一般生徒として学校に残るかというように定められている。

「とても無理だと思うかもしれないがな、彼女のように復帰して卒業しプロになった例もあるぞ」

またリモコンを手にして源造はなにやら操作する。今度はモニタにいきなり全裸の女性が現れた。

『あっ、くうう、あっ、ああああ』

正確には一糸まとわぬ姿ではなく、ゴルフ用のシューズとグローブはつけている。

その女性はなんとティグラウンドにそそり立つプラスティックの太い棒のようなものに跨がり、それを膣内に受け入れて腰を動かしていた。

『自分で動いてイクんだ』

『あああ、はうっ、はいっ、あっ、ああああ』

大胆に両脚をガニ股に開いた女は、ピンク色の秘裂や黒い陰毛を露出し、乳房を揺らして身体全体を揺すっている。

その様子を愛香はもう直視できなかった。女性器に異物が入っている様子に恐怖していた。

「笹崎由梨絵くんだよ。名前くらいは知っているだろう？」

床のほうに目を向けた愛香だったが、源造の言葉にはっとなって、再び画面を見た。

確かに幼げではあるが、ここの卒業生で現在はトーナメントプロとして活躍している由梨絵だ。

確か今年は好調で、賞金ランキングの上位にも顔を出しているはずだ。

『おおっ、濡れたマ×コが丸見えだぞ由梨絵ちゃん』

場面が変わり斜面で止まったボールを由梨絵が打とうとしている。けっこう急斜面のため脚を大きく開かねばならず、彼女の背後に男たちやカメラも回り込んだ。

（ああ……こんなの打てるわけない）

画面にはピンク色の媚肉が大写しになる。先ほどティグラウンドで巨棒を呑み込んでいた余韻か膣口が開いていて、粘液のようなものがまとわりついていた。

それをにやけた男たちがけっこう近距離で見ているのだ。愛香は自分なら恥ずかしくてとてもまともにショットなどできないと思った。

『見たかったらいくらでも見なさいよ』

だが由梨絵は恥じらうどころかはっきりとした口調でそう言いきり、見事なスイングを披露した。

おおっ、という歓声をあげてギャラリーの男たちが見あげるなか、ボールは見事にグリーンピンそばを捉えた。

「彼女は一ホールごとに絶頂に達しながら、この試合に勝ってゴルフ部に復帰した。そしていまはトーナメントプロとして活躍している」

源造はそう言いながらリモコンを操作して動画の再生を止め、今度は机の中から用紙を取り出して、愛香と奈月に渡してきた。

「復帰のための試合と生活のことを書いた要項だ。目を通しなさい」

A４用紙二枚のそれを愛香と奈月は目を通していく。

○進級不可となった特待生（以下研修生とする）は本来退部になるものであるが、この特別プログラムをクリアした場合にのみ復帰を認め、学園と後援会のバックアップにより特待生同様の活動を保証するものとする。

○特別プログラムの期間は三カ月間。その間に学園側が指定するルールでゴルフの試合を行い、研修生が一度でも勝利すればすぐに部に復帰することを認める。
○ただし最終五試合目まで一度も勝利できなかった場合は、後援会理事の経営する店舗で裸ダンスやセックスを行うショーガール、もしくはAV女優としてデビューする。
○プログラム期間中、研修生は寮を離れて学園の指定する施設で生活し、授業には参加しない。午前は教師による一般授業、午後はゴルフの練習、午後六時から九時までは理事による性感開発を受けるものとする。
○基本的に研修生はいっさいの苦情を言わず性感のコーチングを受けるものとするが、開発のための行為はレベル1から5までに分け、試合をクリアできない場合に当日よりレベルをあげる。
○レベル1の開発は第一試合の前に行われるため、施設内における下着での生活と微振動による股間への刺激のみとなる。
○レベル2では理事たちによる直接手で受けるマッサージによる性感帯の開発。研修生はセックス以外の行為はすべて指導としてありがたく受け入れる。
○レベル3以降は本人の成長度合いを考慮し開発の内容を決める。その内容に関して研修生側に拒否権はないものとする。
○研修生は基本的にゴルフの練習と同様にＡＶ女優としていいセックスを見せるためのトレーニングを積極的に受ける。
コーチ役の理事の命令には従い。また質問には嘘偽りやごまかしなどなく正直に回答する。偽りが認められた場合は即失格となり次のレベルに強制的に進む。
○プログラム中は日々の生活から練習、そして試合もすべて撮影される。その映像の所有権は基本的に研修生側にあるものとする。ただし研修生が五試合すべてに敗北した場合は学園に譲渡される。
○研修生の途中リタイアは認めないものとする。一度も勝てなかった場合は十八歳になると同時にショーガールやＡＶの発売をすることをあらかじめ了承しているものとする。
○研修生も理事や学校関係者も公式の撮影以外はいっさい行わず。またプログラム中のことについていっさい口外しないものとする。
もし違反した場合は理事は三千万のペナルティ。研修生は映像を公開される。

「こ、こんなの……ただの嬲りものじゃないですか……」

内容のあまりの恐ろしさに手を震わせる愛香はそう呟いた。この学園でこんな行為が行われているというのか。

ふだんは肌つやのいい十代の頬も真っ青に血の気が引いていた。

「ふふ、このくらいのプレッシャーや快感に打ち克ってこそプロゴルファーとしてやっていけるというものだ。プロテストに合格するだけでも生半可ではないんだぞ」

女子のプロテストの合格率は毎回一桁だ。確かに才能を持っていても精神も強くなければスコアを崩してしまうと言われている。

ただ校長はもっともらしい口調で言ってはいるが、愛香のスカートから伸びる筋肉のうえに脂肪がのった肉感的な脚をじっと見つめている。

(この人……私を裸にしたいだけなんじゃ……)

ゴルフ部復帰にかこつけて十代の少女の肉体を堂々と弄びたい。そんな欲望を愛香は源造から感じるのだ。

「ちょっと待ってください。クリアすれば映像はすべて返却とありますけど、なのになぜ笹崎プロの映像があるのですか?」

まさか源造にいやらしいことがしたいだけだろうとも言えず愛香が固まっていると隣で奈月が声をあげた。

彼女を見ると、決意したような強い瞳で前を向いていた。

「さすが学力でもトップテンに入る峰岸くんだ。約束を守らなかったわけではない。笹崎くんも了承のうえで映像を譲ってくれたのだ。同じプログラムを受ける後輩のためになるならとね」

「そうですか……」

奈月はそれ以上追及はせずに、目を落として用紙をめくった。彼女は学業のほうでもトップクラスの秀才だ。

（もう冷静になっているんだ、奈月さん）

かつての先輩部員の淫らな映像、源造の舐め回すような視線。年頃の愛香たちにとって目を背けたくなるものばかりだ。

最初は奈月も動揺していたが、いまは顔色も普通になっている気がする。映像の中の笹崎プロのように。

（私も見習わなきゃ）

そういうメンタルはゴルフには大事なものだ。わずかな動揺がショットを狂わせてしまいスコアが崩れていくスポーツなのだ。

愛香も深呼吸してから用紙をめくると、二枚目には試合に関することが書かれていた。
○特別プログラム中、二週間に一度ストロークプレー、もしくはマッチプレーで後援会代表との試合を行う。ホール数などは校長に一任される。
○最終スコアで理事と研修生が同位の場合はプログラムは終了せず、次のレベルに進むものとする。
○ホールとホールの間に研修生は肉体に性的な刺激を受けるものとする。これは性感に耐えながらスコアを伸ばすという精神力を試すためである。
○ティグラウンドでの第一打からグリーンでのカップインまでの間は、研修生の肉体への刺激は禁止とする。またホール間も理事による手や性器での行為は禁止する。
○試合中の服装はすべて後援会が指定し用意したものとする。これに対して研修生に拒否権はないものとする。
第一試合のみ以下にルールを規定する。

○研修生はビキニ着用によるプレー。ホール間は振動する機械での股間への刺激を受ける。
○試合は五ホールでのストロークプレーで行われる。三ホール目終了時点で研修生の順位が後援会代表よりも下の場合、ブラジャーを取りパンティ一枚で五ホール目までプレーする。
○研修生が敗北した場合、その場でパンティも脱いで全裸を後援会メンバーの前で公開する。そして施設の中で生活する服装も後援会指定のものとし、研修生に選択権はないものとする。

（ま、負けたらコースで裸にされて見られるのね……）

後援会の理事という人間がいったい何人いるのかわからないが、千里や由梨絵の動画を見る限り五人以上はいたと思う。

さらに校長も加わる前で、誰にも見せたことがない裸体を晒さなければならないというのか。考えただけで愛香は頭がクラクラしてきた。

「あ……あの校長先生、これを読む限りですが、ゴルフをしている最中は身体には絶対になにもしないのですか？」

奈月ばかりに言わせているわけにもいかないと、愛香は気になっていることを質問した。

ゴルフは繊細さを要求されるスポーツなので、打つときになにかをされたら、まともにプレーできるはずがないからだ。

「そこは書いているとおりの解釈でかまわんよ。ティグラウンドでクラブを構えてからカップインまで誰も君たちの身体に触れないし、服も身体を刺激するようなものは着させない。我々も別に君らに負けてほしいわけじゃないからな」

愛香の質問にはっきりと答えた源造だが、顔はやはりニヤニヤと崩れている。

もういまから愛香と奈月に服を脱いで裸になれと言いだしそうな勢いだ。

「結局、私たちにエッチな格好をさせたり、身体を触ったりして、最後は裸の仕事に就かせたいということですね」

横から奈月が冷静な口調で言った。あまりにはっきりと言われたので源造も少し顔を曇らせている。

「まあ、そういうふうに解釈してくれてもかまわんよ。試合の合間は、君たちは我々の手によってあらゆる性の調教を受けることになる。それがいやなら一度目の試合に勝利するしかないというわけだ」

そう言った源造は机の中から先ほど電マと呼ばれた機械と卵形のプラスティックのボールを取り出した。

ボール形のほうには本体のボタンがついていて、これを源造が押すとモーター音がして振動しはじめた。

「これが第一試合までの間、君たちに刺激を与える微振動のマシンだ」

源造はそう言って愛香の手の甲に触れさせる。確かに微振動というだけあって、たいした震えは感じない。

「確かに微振動ですね」

次にボールに触れた奈月も冷静に返している。源造は二人の顔を確認したあと、電マのスイッチを入れた。

「こっちはきついぞ」

ブーンと激しい音を立てて震えだした電マが愛香の手に触れた。

「きゃっ」

そのあまりに強烈な振動に愛香は短い悲鳴をあげて腕を引いた。一瞬で電気が肩まで走ったような刺激があった。

「くっ、いやっ」

奈月も顔を歪めて腕を身体を捻って逃げている。源造はその様子を楽しげに見つめながら電マの電源を切った。

「第一試合までの二週間は、毎日この微振動装置で下着越しの刺激。そして試合のときはホールごとにこの電マで二分間、ビキニの上から責められる」

電マを机の上に置いた源造はあらためて二人のほうに向き直った。

「では、答えを聞こうか。もちろんだが特別プログラムを受けるかどうかの選択権は君たちにある。退部する場合、今日ここで聞いたことを口外しなければ他校への推薦状も用意しよう」

ここの学校に限らずスポーツ特待生が挫折し公立の高校に転校する場合は編入試験を受けなければならない。

ただ元の学校の校長が学力や生徒の生活態度が良好であると推薦すればそれらが免除されるのだ。

ここで見たことに口をつぐむだけで無条件で推薦状がもらえれば、確かに助かる。

だからいままでこんな行為が外に漏れたことがなかったのかもしれない。

(ああ……こんな恥ずかしい目にあうなんて無理よ……ビキニでプレーなんて)

十七歳、ゴルフ一筋の愛香はビキニの水着など手にしたこともない。そんな自分が野卑な中年男たちの晒し者になりながらゴルフをするのだ。

考えただけで逃げ出したくなるし、脚がガクガクと震えていた。

（でも……お母さん……）

私は辞退します。その言葉が喉まで出かかったとき、たった一人の家族である母の顔が浮かんだ。

プロゴルファーになるのが母への唯一の恩返しではなかったのか。

「おお、そうだ忘れていた。我々は最終的に千里くんにAV女優になることを強要したわけではないぞ」

退部するとも特別プログラムを受けるとも言い出せず、じっと押し黙る二人の美少女に、源造はなにかに気がついたように言ってまた動画の再生を始めた。

『おいしいか？　千里』

『んんんん……んんん……はい……千里、おチ×チン大好きですから』

仁王立ちの男の前に膝をついた千里は、うっとりとした顔で剝き出しの肉棒をしゃぶっている。

赤黒い亀頭部に丁寧に舌を這わせたあと、口の中に飲み込んで頭を振りはじめる。

『んんんん……んく……んちゅ』

唾液の音を立てながら上半身も動かし、小ぶりながらも形のいい乳房も弾ませて怒張をしゃぶりつづける。

その瞳は妖しく蕩けていて、淫靡な行為に酔いしれているように見えた。

「特別プログラムを受ける中で処女だった彼女もすっかりセックスに目覚めてな。いまではAVデビューするのにもためらいはないそうだ」

そう言った源造は動画を早送りする。ベッドの上で四つん這いの彼女の後ろから男が腰を振りたてている。

『あああっ、気持ちいい、あああああん、すごい、あああ、奥がいいのぅ』

聞いたこともないような艶のある声をあげてよがり泣く千里は、もう部員だったころの面影はなかった。

愛香よりもひとつ上の十八歳のはずなのに、やけに大人びている。

『千里のオマ×コはいやらしいな』

『ああっ、だって、あああん、千里はスケベなんです、ああっ、ゴルフよりおチ×チンが大好きなんですぅ、あああああ、またイク』

スレンダーな白い身体を朱に染めた千里が汗の浮かんだ背中をのけぞらせると、美しい形の乳房がプルンと弾んだ。

バージンの愛香はまだイクという意味がよくわからない。ただただゴルフよりも肉棒が好きだという千里の叫びにショックを受けていた。

(私も負けちゃったらこんなふうに)

男の味を教えられ、千里のようにセックスのことばかり考えるような人間になってしまうのか。

いつしかよがり泣く女先輩に自分を重ねてしまった愛香は、恐怖に怯え、顔を下に向けて耳を塞ごうとした。

「もう充分です。止めてください。最初の試合で勝てばそれで復帰なんですね?」

両腕を持ちあげて頭にもっていこうとしたとき、奈月の大きな声が響いた。

「そうだ。一度でも勝てばいい。卒業後のバックアップも同じように行われる」

源造は動画の再生を止めて奈月に答えた。M女子学院には卒業してプロテストを目指す生徒に対しての援助も行っている。

卒業後五年間、後援会による金銭や道具の補助が行われるので、アルバイトなどは少なめにしてトレーニングに時間を割くことができるのだ。

(ここの部に残るのがプロへの一番の近道……)

だからM女子学院には親のバックアップを受けられない生徒が多い。ほかにもゴルフの指定校はあるが、卒業後も援助するのはここだけだからだ。

「わかりました。特別プログラムに挑戦します」

逡巡する愛香の隣で、モデルのような身体をぴんと伸ばした奈月ははっきりとした口調でそう言いきった。

切れ長のまつげの長い瞳が決意に燃えているように見え、とても凛々しかった。

「いいんだな？　途中下車はなしだぞ。負けた場合は徹底的に身体をスケベにされてしまうぞ」

源造はにんまりと笑いながら奈月のスカートから伸びるしなやかな脚を見た。

その様子は美しく凜とした奈月を肉欲に堕とすことを想像しているように思えた。

「そんなご期待にそえるとは思いませんけど。あとから文句は言いません」

一瞬顔を歪めたように見えた奈月だったが、すぐに源造を睨みつけて言いきった。

彼女のこの強さはどこから来るのだろうか。そして自分の肉体を賭けてまで部に復帰したい理由はなんなのだろうか。

ライバルという立場からあまり話し込んだことはないが、奈月にもプロゴルファーになるという確固たる決意があるにちがいない。

（私は……）

人前で恥ずかしい格好をしてプレーすると考えると、退部すると言いたい。だが愛香も奈月と同様にプロにならなければならない理由があるはずだ。

「君はどうするね？」

奈月の答えを聞いた源造は愛香に言った。もう迷っている時間はない。

「わ、私……は……」

言葉が出せずに愛香は口ごもってしまった。源造も奈月もそんな愛香をなにも言わずにじっと見つめている。

（ああ……いや……でも、でも……やっぱりゴルフを捨てることなんてできない）

愛香にとってゴルフはすべてだ。

身体を賭けて戦うのは怖くてたまらないが、それ以上にゴルフを続けたいという思いが強かった。

「わ、私も特別プログラムに挑戦します」

心の中から馬鹿なまねはやめろという自分の声が聞こえてくる。だが愛香はそれを振り切るように挑戦を宣言した。

どうしてもプロゴルファーになりたい。その一心だ。

「よし、では決まりだ。もちろん口外は無用だぞ。そして今日の午後から練習用の施設に引っ越しだ、いいな？」

少し声を大きくして源造が言い、愛香と奈月はそれに「はい」と答えた。

もう後戻りはできない。愛香は必ず勝利すると誓う一方で、自分が地獄の扉をくぐってしまったのではないかと怯えるのだった。

「ふふ、うまくいきましたね。相変わらずお見事な煽りでしたよ」

愛香と奈月に書面にサインさせビデオカメラに向かって絶対に途中リタイアはしないと宣言させた。

もちろんそれで彼女たちを完全に拘束することはできないし、情報流出のリスクはあるが、いままで一度もトラブルになったことはない。

勝利した者は学園の援助まで受けてプロテストに合格したので、わざわざそんなことをばらす人間はいないし、負けつづけた者は例外なく淫婦へと堕としてきた。

性感を目覚めさせ、自らゴルフを捨てて快楽を選ぶまでに身も心も調教したのだ。

（ああん、校長先生、私幸せです、ああ、おチ×チン大好きです）

ゴルフ一筋の無垢な少女を肉体調教し淫婦に仕立てあげる。そこに源造は最高の興奮を覚えるのだ。

「それは褒めているのか、それとも嫌みをいっているのか、どちらだ？」

いままで特別プログラムを受けた生徒の中でも、最高の素材と言っていいスタイルと美貌を持つ愛香と奈月を了承させ、イスにもたれて一息つくと、隣の応接室の扉が開いて教頭の谷田進悟が現れた。

進悟は源造にとって大学の後輩でゴルフ部の部長でもある。温厚でふだんは厳しい指導をするコーチたちを諌めたりして部員たちからも慕われているが、本性は源造と同じく少女を調教するのを趣味とする変態中年だ。

「もちろん褒めておるのですよ。ふふ、小娘たちをのせることなんて校長からすればたやすいものですね」

彼女たち自身でプログラムへの挑戦を選ばせたかたちになっているが、もちろん源造からすれば退学の道を選んでもらったら困る。

すでに二人のプロフィールは後援会のメンバーにも回っていて、とくに高額の寄付をしている理事と呼ばれる人々は美少女二人を調教するのを心待ちにしているのだ。

「なにを言うか、緊張で汗びっしょりだ。まあ、まずは第一段階終了というところだ」

理事たちはみんなそれが楽しみで高額の寄付をしている。その資金を使って卒業後も生徒の援助などもできるのだ。

二人に参加させる。これが源造にとって一番の大仕事といってよかった。

「ふふ、お疲れ様でした。でも二人ともまさか自分たちが入試のときから目をつけられていて、このために合格したとは思っていないでしょうな」

教頭の進悟は生徒の前では絶対に見せない野卑な笑いを見せてそう言った。

「なにを言っているんだ。彼女たちはゴルフの成績も立派だったぞ。充分に合格ラインをクリアしていたのだ」

愛香も奈月もゴルフの才能は確かなものだ。ただ進悟の言うことも真実だ。

入学願書を見た時点から源造は進悟とともに二人の美少女に目をつけていた。プロゴルファーではなく、自分と、そして後援会のおやじたちの変態性欲の贄(にえ)とするために。

「まあ、そのぶん苦労したがな」

進悟とは学生のころから互いの性癖を知り合う仲なので、いまさらこんな会話は戯(ざ)れ言(ごと)だ。

源造は笑いながら机の引き出しを開くと、ひとつのゴルフボールを取り出して床に弾ませた。

「ふふ、ボールに細工がされているとは夢にも思っていないでしょうね」

ゴルフボールというのは平らな床に真っ直ぐに落とすと真上に向かって弾むものだが、このボールは少し斜めに飛んだ。

「わずかな狂いでも何十ヤードも先ではかなりのズレになるからな」

奈月が試合に出るときだけ、この細工がされたボールが手渡されていた。そのせいで彼女はスコアを大きく落として成績を崩した。

愛香は偶然膝を故障をしたので必要はなかったが、二人は最初から源造たちの罠の中にあったのだ。

「今度の試合でも使うのですか、それ？」

「ふん、必要があればな。だが、まずは正攻法でいくさ」

「そうですか、理事のみなさんにもそう伝えておきます」

細工がされたボールを使用して二人を負けさせるという手もあるが、それではあまりおもしろくない。

あくまで彼女たちの羞恥心や性感を煽って自滅する姿を見たい、理事たちもそう思っているはずだ。

「Gカップのバージンに、モデル体型のDカップバージンか。今回は最高の盛りあがりを見せそうだな」
あらためて進悟と顔を見合わせて、源造はほくそ笑むのだった。

第二章　恥辱の特別プログラム

「では、授業はこれで終わりです。午後からはゴルフの練習を自由に行ってください」

その当日に寮を退去させられた愛香たちは、広大な敷地のM女子学院の中にある大型の建物に居を移した。

学院内には十八ホールのゴルフコースまで整備されているのだが、校舎や寮からそこに向かう途中にその建物はある。

生徒が利用することはなく、外観から愛香も倉庫かなにかだと思っていたが、中は人工芝まで敷かれた室内トレーニング場になっている。

(こんなふうになっているなんて外からはわからなかった)

高い天井の広々とした空間に、ネットに囲まれたボールを打つ設備、ダンベルやエアロバイクまでフィットネス用の用具が揃っていた。

本家のゴルフの室内練習場よりもいいのではないかと思える設備があり、さらには建物内にプレハブが二軒建てられている。

そこはバストイレつきの生活用スペースとなっていて、愛香と奈月にそれぞれ割りあてられた。

「では、私は夕方からの指導のときに戻ってきますので、ゴルフは自主練となります。必要なものがあればメモに書いておいてください、すべて用意します」

プレハブのそばに机が並べられ、そこの前に置かれた大型のモニターを見ながら二人はリモートで授業を受けることになった。

人工芝の上に教室と同じ机があるというおかしな光景だが、授業を受けること自体には差し支えがない。

(ああ……なんて恥ずかしい格好……)

ただ一番異様なのは、愛香も奈月もブラジャーとパンティだけの姿だということだ。

奈月は薄いイエロー、愛香は白の下着のみを着用してイスに座っている。講義をする教師はこちらが見えていないが、教頭の谷田進悟が立ちあっている。

(教頭先生も、私たちをＡＶ女優にしようという仲間なの？)

進悟はゴルフ部の部長でもあるが、温厚な性格で気遣いも細かく、四十七歳の彼を部員たちは父親のように慕っている。

そんな進悟もまた少女の肉体に淫靡な欲望を抱く者の一人だという事実に、若い愛香は絶望していた。

「今日も十八時からは木馬に乗りながらセックスのビデオを見てもらいますので」

たとえ生徒に対しても敬語を崩さない進悟。ただこの話をしているときの彼は実にいやらしい表情をしている。

ここに住むようになって三日。毎日、午前はリモートでの授業、午後からはゴルフの個人練習をしていた。

(奈月さんは表情を変えない。私も見習わないと……)

裸に近いような姿を異性である教頭に近距離で見つめられ、愛香はつい伏し目がちになるのだが、奈月は実に堂々とし、ゴルフの練習にも没頭している。

来週末にある試合もどちらかが勝ち抜けというルールではなく、後援会の代表よりもいいスコアであがれば二人揃って部に復帰できる。

だから敵対関係ではないのだが、奈月は馴れ合ってくることもなく自分のペースを貫いている。

「お昼はここにもう到着してますので、休憩してくださいでは」

　食事は温かいお弁当が三食配膳される。それ以上になにか食べたければ冷蔵庫や棚にある食品が用意されていて、量も豊富にあって至れり尽くせりだ。

（これであのエッチな研修さえなければ）

　日が沈むころ、再び進悟が現れて淫らな研修が始まる。それを思い返すと愛香は憂鬱になるのだ。

「では特別プログラムにおける性教育研修を始めます。二人とも木馬に跨がってください」

　午後六時、広い室内練習場には二人の美少女と教頭の三人だけしかいない。リモート授業でも使われていた大型モニタの前には机とイスの代わりに胴体が革張りの木馬が二台据えられている。

　その上に黄色と白の下着姿の少女が、中年男の命令どおりに跨がった。

「くっ、んん……」

　木馬の背中には穴が開けられていて、そこには以前、校長が愛香たちに触れさせた振動するボールが取り付けられていた。

そこに跨がると自然に股間が震わされ、二人はこもった声をあげた。

（あ、いやっ、変な場所に）

下着の股布越しに敏感な場所に振動が伝わってきた。しかも学校側が用意したこのパンティはやけに布が薄めな感じがしてダイレクトに震えを感じる。

「く、んんんん、うっ」

隣で奈月も少し顔を歪めている。彼女もまた、長くしなやかな身体をつらそうに揺らしていた。

（それにしても、奈月さん……すごく綺麗な身体……）

長身で手脚も長い奈月はファッション雑誌から抜け出してきたようなスレンダーな体型をしている。

ゴルフをしているからところどころ筋肉が発達しているが、脂肪が少なくウエストなど驚くくらいに引き締まっていた。

（なのに胸は大きい）

Gカップある愛香には及ばないが、イエローのブラジャーから白い柔肉をはみ出させる乳房は細身の身体には不似合いに膨らんでいた。

同性ながら見惚れてしまうような芸術品のようなボディが、木馬の上でくねっていた。

「二人ともちゃんと集中して見てください」

にやけ顔の教頭に言われ、二人は目の前のモニタを見た。そこには男と女の淫らな行為が再生されている。

「まずはフェラチオです。女性が男性をお口で悦ばせる行為です。舌の使い方をよく観察してください」

動画の中では見たことがない若い女性が、仰向けの男の股間に覆いかぶさるようにしながら肉棒に口を這わせていた。

（ああ……おチ×チンをあんなふうに……なんてことを……）

大人が見るこういうビデオには局部にモザイクが入って見えないようにしていると聞いたことがあったが、いま大きな画面に映されているのは生々しい肉棒だ。

しかも大きくカリ首を張り出しそそり立っている。そこに女性は笑顔を浮かべながら舌を這わせているのだ。

（私も負けつづけたら同じことを……）

特別プログラムの用紙にはレベル2までのことしか書かれていなかったが、先に進めば画面の中の女性と同じような行為をしなければならなくなるのだろうか。

（そんなのできない、無理、無理よ）

キスの経験すらない自分が男性器を口で愛撫する。そう考えただけで愛香はもう泣きそうになった。

「うっ、くううう」

そのとき振動するボールに乗せている股間から強い痺れが走った。

（いやっ、なにこれ）

ちょうど肉芽の部分がボールに強く押しつけられてしまっていたようで、明らかな快感に愛香は白い下着の身体を震わせた。

（だめ、こんなの）

少しお尻を引いて矛先をかわすと痺れはすぐに収まった。ただ緩い振動に自分の身体が反応しているのが恐ろしい。

（しっかりしないと……）

愛香はそう自分に言い聞かせた。今度の試合に勝てばいっさい淫らな行為をする必要もないのだ。

ならばフェラチオのビデオを見せられても動揺する必要はない。とにかくゴルフのみに集中するのだと愛香は心に決めるのだった。

「あっ、んんんん、くうう、んんん」

初めての試合が明日に迫った金曜日。今日も愛香は奈月と共に微振動するボールが嵌められた木馬に跨がっていた。

今日は薄いピンクの下着を身につけた愛香は、こもった声をあげて身体をくねらせていた。

「いっ、いやっ、くうう、ううう」

最初のころはあまり気にならなかったボールの振動だったが、いまはやけに未経験の秘部を痺れさせる。

別に振動が強くなったわけではないが、愛香の女の部分が敏感さを増してきているのだ。

「どうして、くう、あっ、はああん」

膣口に近い部分を震わされるのがいやでピンクのパンティを穿いた腰を動かしたとき、クリトリスの部分にボールが触れ、愛香は背中をのけぞらせ、ブラのカップから乳肉をはみ出させた巨乳を揺らして喘いでしまった。

（私……ああ……感じてる？）

これが女の快感で自分の肉体がどうしようもなく反応しているのは、さすがに愛香も自覚していた。

ただこんな変な機械で身体が目覚めているというのを認めたくはなかった。

「く……んん……ん」

すぐ隣で同じものに乗っている奈月も明らかに普通ではない声を漏らしながら、今日は薄いブルーのブラジャーとパンティのみの身体をよじらせている。

彼女も最初のころとははっきりと反応が違っている。スレンダーな白い身体全体がピンクに上気し、ゴルフのときはあまり表情を出さない顔も曇っていた。

「さあ、いよいよ明日は試合です。なので今日は負けた場合にどのような訓練をあなたたちが受けるのかというビデオを見てもらいます」

この二週間、ずっとにやけ顔を浮かべながらも、淡々と授業や夜の性教育研修を続けている教頭がやけに声を弾ませてリモコンを操作した。

『あっ、あああ、いやっ、あっ、あああん』

スピーカーから女の喘ぎ声が流れ、画面が肌色に染まる。ベッドに仰向けで大の字に拘束された若い女性に数人の男が群がり身体を撫で回している。

女はまったく知らない顔だ。こういうビデオはずっと見せられてきたので、もうとくに驚くこともなかった。

「三年ほど前に第一試合に負けてレベル2の訓練を受けた生徒の動画です。彼女をマッサージしているのは後援会の理事のみなさんです」

教頭の進悟は得意げに言うと、そばにあったイスに腰を下ろした。

（私たちの先輩。レベル2っていうと明日負けたら同じ目にあうってことなの？）

動画はもちろんモザイクなどはかけられておらず、割り開かれた二十代の瑞々しい太腿の真ん中にある、薄めの陰毛やピンクの裂け目が丸出しだ。

男の手がまとわりつくようにして、左右から秘裂を弄んでいる。

『あっ、あああああん、はあっ、もう許してください、あっ、くううん』

昨日まで見せられてきたプロのAV女優の動画で聞いた喘ぎ声と、名も知らない先輩の声とはまったく遜色ない。

大の字に四肢を引っ張られた細身の身体が何度も引き攣っている。普通の女子高生とは違う、ゴルフをやっている人間独特の筋肉のつき方に愛香は自分を重ねてしまって恐怖していた。

（ああ……いや、こんなの……）

男たちの手はさらに増えていき、小ぶりな乳房を揉み薄桃色の乳頭を摘まむ。

下のほうの動きも大胆になり、クリトリスをこねたり膣口を掻き回したりしている。

「セックス以外の行為はほぼ認められています。乳首もオマ×コもどうしようが彼らの自由です」

顔を強ばらせる木馬の上の美少女二人に、進悟が淫らな部分だけをわざと大声で言った。

「そんな……ひどい……」

思わず呟いてしまうくらい、画面の中の先輩女性は全身のいたる場所を指や手のひらで愛撫されている。

乳首や性器だけでなく内腿や耳の穴に至るまでも。

「特別プログラムというのはAV女優になるための身体の開発です。辰巳さんすでにそれが始まっているのはわかっていますか？　そしてもうやめたはできないことも」

相変わらずのにやけ顔ながらも念を押すように進悟は愛香に向けて言った。

「わ、わかっています、けど……」

そう特別プログラムとは愛香たちの性感を開発して身体で金を稼ぐ女にするためのものだ。

けっして愛香たちをプロゴルファーにするためのものではない。もうそれはわかっている、ゴルフを続けるためには勝ってそこから抜け出すしかないのだ。

「あっ、くううう、はううっ」

校長も教頭も愛香からすれば敵も同じだ。自分を淫らな女に造りかえようとする悪魔なのだ。

そう思ったとき、愛香は身体に強い快感を感じ、背中をのけぞらせてしまった。

（ち、乳首まで痛い……）

木馬に埋め込まれたボールは相変わらず緩く、そしてサイクルの長い振動を与えてくるだけだ。

ただ愛香の身体はやけに熱く、ブラジャーの中にあるGカップのバストの先端までもがズキズキと疼くのだ。

「ああ……いやっ、くううう、ううう」

もし教頭の目がなかったら、画面の中で淫らな絶叫をあげる先輩のような艶のある声を漏らしていたかもしれない。

「くう、ううっ、うっ」

隣では奈月もまた歯を食いしばっている。彼女も自分と同じ戸惑いの中にいるのだろうか、その思いが愛香をさらに不安にさせた。

『はああん、クリちゃんそんなにしごかないで、ああっ、イク、イッちゃう』

大の字に拘束された身体がのけぞり、先輩女性は絶頂に達した。

同じ十代の女子高生がお尻を浮かせて痙攣する姿はAV女優の映像よりも遥かに生々しく思えた。

「あっ、あううう、いやっ、あああ」

愛香は戸惑いと恐怖の中で、少し厚めの唇を半開きにしたまま熱っぽい吐息を漏らし、木馬の上で身体をよじらせるのだった。


夜が明け、試合の当日がやってきた。

「ふふ、よく似合ってますよ」

室内練習場の中にある二軒のプレハブ小屋の別々のドアから愛香と奈月が出てくると、待ち構えていたように校長の源造と教頭の進悟が視線を這わせてきた。

「ああ……いや……」

愛香と奈月は同じようなデザインの紐ビキニを着用している。愛香は赤、奈月はブルーのもので、サイズは合わせてあると言われていたが、布の面積があまりに小さくて恥ずかしくてたまらない。

「おいおい、このくらいで照れていたら試合にならんぞ、ゴルフは平常心だ、くく」

もっともらしいことを言ってはいるが、源造はもうヨダレを垂らさんばかりの顔で、胸や股間を頼りない三角の布で隠しただけの美少女二人を見つめている。

「い、いやらしすぎます」

背中を丸めてグラマラスな身体を隠そうとする愛香の隣で、奈月が二人の中年男にきつめの言葉を浴びせた。

ただ彼女もやはり恥ずかしいのだろう。頬はピンク色に染まっていた。

(奈月さんもすごくはみ出してる……ああ……私も……)

白く長い脚を剝き出しにした奈月は堂々と立っている。バストやお尻の部分は肝心なところは隠れているものの、横乳や尻たぶがブルーの布からはみ出している。

十代の少女がそんな格好を大人の男に見られて平常心でいられるはずがない。

愛香もふと自分の胸元に目をやると、ブラジャーのいたるところから白い柔肉がはみ出していて、とても見ていられなかった。

「ふふ、まあ頑張りなさい、あ、これが今日の試合の方式やルール、そして勝敗決定後のことを書いた用紙です。よく頭に入れておきなさい」

愛香たちが参加するゴルフの大会はほぼ十八ホール。非公式の練習試合でも九ホールはある。

ただ今日は五ホールの試合で行われるというのは聞いていたが、詳細はまだ知らされていなかった。

「ああ……」

用紙には後援会の理事の代表選手と五ホールを戦い、愛香と奈月、それぞれが理事よりも合計ストロークが少なければ勝利だと書かれている。

愛香と奈月、どちらかと言うことではなく、理事よりも上ならば二人同時に勝ち抜けられるということだ。

あとは最初に校長室で知らされたいやらしい条項が並んでいた。

（三ホール目までに負けていたらおっぱいを見られちゃう……）

後援会代表に三ホール目終了時点で負けている場合は、ブラを外してそれ以降パンティのみでプレーすることや負けた場合は全裸を晒すことなどが書かれている。

（ああ……あの強いのでアソコを……）

そしてホールごと、ティショットの前に強烈に震える電マで二分間股間を刺激されてから二十秒以内に打つと書かれていた。

これらはもちろん校長室ですでに聞かされていて愛香も奈月も了承したものだ。

(あの弱いのでも、変な声が出たのに……)

ただいまの心境はあの日とは少し違う。二週間もの間、微振動ながら股間を刺激されつづけている愛香の身体はかなり敏感さを増しているという自覚がある。

そこに比べものにならないくらいの電マによる振動を与えられたらどうなるのか。

恐ろしい予感に震える愛香だったが、もう逃げることはできないのだ。

(奈月さん……)

気が強い奈月の顔もどこか青ざめているように見える。

「ではいくぞ、理事のみなさんがお待ちかねだ」

「は……はい……」

校長の言葉に力なく返事をした愛香は、うなだれたままビキニ姿でゴルフバッグを担いで歩きだした。

「おおっ、来たぞ、すごい。今年の二人は最高だな」

学園内にあるゴルフ部専用のコース。本格的に芝も手入れされた学生には贅沢すぎるくらいのホールは愛香も使い慣れた場所だ。

ただし現在の心境は地獄にでも来たような感覚だ。一番ホールのティグラウンドにはゴルフウエア姿の中年男が十人ほどずらりと並んで美少女二人を出迎えた。

「可愛いな、顔をあげてこっち向いてくれよ」

ビキニ姿でクラブが入ったバッグを自ら担いだ愛香と奈月は、あまりの恥ずかしさに顔を伏せたままだ。

理事とは、五十人以上いるというM女子学院ゴルフ部後援会の中でも選ばれた人々で、多額の寄付をし、社会的な立場もかなり高いらしい。

ところがいまは野卑な中年の集団といった感じで、瑞々しい肌の脚まで朱に染める少女にヤジを浴びせていた。

「ほら、二人並びなさい。みなさんに紹介しよう」

源造に促(うなが)され、バッグを置いた二人は理事たちの人垣の前に並んで立った。

当然ながら三角ビキニの身体に獣めいた視線が注がれてくる。

「こちらは峰岸奈月二年生です。バストは八十五センチのDカップ。ウエストは五十五センチ、ヒップは八十二センチです」

「なっ」

源造が名前の紹介と同時にスリーサイズまで公表すると、奈月は目を見開いた。

「すごいな、モデルみたいな身体だ、脚が長い」

「それでいて、おっぱいは大きいな、早く見たいぞ」

奈月は源造になにかを言おうとしたようだが、それよりも早く十人はいる理事たちが口々に囃したてた。

(ひ、ひどい……)

下品な言葉に奈月は唇を噛んでいる。実は昨日、理事たちに強く反論したり罵声を浴びせたりすることは絶対に禁止だと教頭から念を押されていた。

彼らは愛香たちが勝てばゴルフ部を続けるための資金を提供してくれるのだから、多少のことは我慢しなさいと言うのだ。

「手も脚も細いな、そんなんで飛距離は出るのかね」

いちおうはゴルフについての言葉を発している理事もいるが、目は奈月の青ビキニの身体に集中している。

彼らは十代の少女を裸にしてオモチャにすることで頭がいっぱいなのだろうか。

「おやおや、ベテランゴルファーのみなさんがなにをおっしゃる。ゴルフはパワーだけではないですぞ、現にこの峰岸くんは一年時はトップの成績でしたから」

教頭の進悟が言うと理事たちはおおっと声をあげた。今年は調子を崩していたが、奈月はいますぐプロテストを受けても合格レベルの力の持ち主なのだ。

「そうか、なら試合に負けても援助のしがいがあるな。それでそっちのデカパイのお嬢さんはどうなんだね」

白髪頭の理事の一人が奈月を認めるような発言をしたが、一転、淫らな言葉を口にして愛香のほうを見てきた。

「こちらは辰巳愛香二年生。バストは九十センチのGカップ、ウエストは五十七センチ、ヒップも九十センチあります」

源造が先週、ビキニの用意のためにと計測された愛香のスリーサイズを言うと、男たちは声もあげずに愛香の肉体を見つめてきた。

全員が息を飲んで三角の布が食い込んでいる豊乳や、パンティの紐が食い込んでいる腰回りを見つめてくる。

（い、いや……）

高校生離れしたスタイルを持つ愛香は、普通の服を着ていても男たちの視線を集めていたが、ここまで露骨なのは初めてで、あまりのつらさに逃げ出したくなった。

「この子はパワータイプといった感じかな」

あまりの恥ずかしさに目も開けていられなくなったとき、理事の一人がゴルフクラブのドライバーを手にして前に出てきた。

彼の言うとおり、愛香はドライバーの飛距離が男子と遜色ないほどで、少ない打数でグリーンを捉えることで有利に試合を進めるタイプだった。

「二人とも可愛いのに実力者なんですね。これは手こずりそうだ」

切れ長の瞳をしたショーカットの奈月。そして大きめの二重の瞳に丸顔で、唇はぽってりと厚く、年齢のわりに色香のある顔つきの愛香。

それぞれの顔を見比べて笑ったあと、その男はドライバーで素振りを始めた。

（この人……うまい……）

スイングを見ただけでその人の実力はある程度わかるが、男の振りはよどみなく、アマチュアでもかなりのレベルにあることが感じ取れた。

「この方が理事代表の柴田(しばた)さんだ」

源造が少し遅れたがと柴田を紹介する。やはり愛香たちの相手はこの男のようだ。

「柴田さん、頼むぞ。早くご自慢のおっぱいを丸出しにしてやれ」

バストを自慢に思ったことなど一度もない愛香は、理事たちのヤジに泣きそうになる。

「なんて下品な。ゴルファーの風上にも置けないわ」

恐れおののく愛香の隣で奈月が小さな声で呟いた。理事たちに文句を言うことは禁止されているが、呟かずにいられなかったのだろう。

「はは、レディの前で下品ですよ。さあ、私からいかせていただいて、いいですかな」

源造がどうぞと言うと柴田はティを刺して第一打の体勢に入る。振りかぶって打たれたボールは真っ直ぐに飛んでいった。

「ナイスショット」

理事たちがかけ声をかけるなか、柴田の第一打はフェアウェイの真ん中を捉えた。ただ飛距離はそれほどではない。愛香ならかなり越えた場所に落とせそうだ。

「では次は研修生、辰巳愛香」

源造の言葉に愛香は自分のバッグからドライバーを抜いた。ここのコースはもう数えきれないくらいプレーしている。だからボールをどこに向かって打って落とせばいいのかすべてわかっていた。

「ちょっと待ちなさい。打つ前にしないといけないことがあるだろう」

ティショットに向かおうとした愛香を源造が止めた。

愛香ははっとなって赤のビキニを着た身体を強ばらせた。

「ひひ、ワシの出番だな」

けっこうスリムな感じの柴田と違い、丸々と太った中年の理事が電マを手にして前に出てきた。

ハゲ頭の男は電マの持ち手にあるボタンを押す。静かになったコースにブーンというモーター音が響きわたった。

「ひっ」

震える電マのヘッドを見て愛香はこもった声をあげた。ティグラウンドに立つと集中力が高まりすっかり忘れていたが、打つ前に二分間、あの電マによるいたぶりを受けなければならないのだ。

「ほれ、ちゃんと行村さんにお願いするんだ」

震えるヘッドと反応するようになった自分の肉体。言いようのない恐ろしさに腰を引いて後ずさりする愛香に源造が囁いてきた。

「そ、そんな……」

「わざわざお前たちのために付き合ってくださっているのだ。そのくらい当たり前だ」

源造の言葉に愛香は目を見開くが、有無を言わせない感じで赤いビキニの身体が電マを構える行村に向かって押し出された。

「あ……ああ……行村さま……いまから二分間、愛香のお股に電マをお願いします」

試合を続行するしかない愛香は、源造に言われたままに言葉を絞り出した。

恥ずかしさにもう耳まで真っ赤に染まり、ゴルフで鍛えられた筋肉に少し脂肪が乗った両脚は震えていた。

「よしよし、さあ脚をもう少し開きなさい」

もう耐えるしかないと愛香が両脚を開くと、行村はティグラウンドにしゃがみ、電マをビキニパンティの股間に触れさせてきた。

「あっ、いやっ、くうう、んん、あっ、あああ」

布越しとはいえ、敏感な肉に強烈な振動が伝わってきた。

唇が自然に開き、抑えようと思っていた女の声が自然に漏れてしまう。

「ふふ、いい表情をするじゃないか」

下から顔を歪める愛香を見あげながら、行村は震える電マを前後に大きく動かしはじめる。

「あっ、いやっ、はうっ、ああああ」

お尻に近い場所まで電マを押し入れたあと、ゆっくりと愛香の下腹のほうに向かってなぞっていく。

女の割れ目を下から上へと振動するヘッドが移動していき、そのポイントを捉えた。

「ひっ、ひっ、ひあああぁ」

一番責められたくない女の最も敏感な突起、そこに強烈な振動が伝わる。

愛香はビキニの身体をのけぞらせ、腰をガクガクと震わせた。

「ここだね、愛香ちゃんのクリトリスは」

パンティの股布で隠れていても、愛香の反応でそこにあることに気がついた行村は電マを立てて集中的に押しつけてきた。

「ああっ、はあぁ、いやっ、あぁっ、あああぁ」

性の経験などゼロに等しい愛香の身体を強烈な快感が突き抜けていく。

三角の布から乳房をはみ出させたバストが大きく弾むくらいに、立っている身体を何度も引き攣らせながら、愛香は淫らな悲鳴をあげる。

(な、なにこれ……ああ……)

もう意識も少し飛びそうなくらいの快感がクリトリスから全身を駆け巡る。

腰をよじらせて矛先を少しでも交わそうとするが、行村が巧みに電マを動かして逃がしてくれない。

「あっ、はあああん、いやっ、こんなの、ああっ、ああ」

パンティが食い込んだお尻を横に揺らす淫らなダンスを踊る十七歳の股間に、振動する電マが吸いつくように密着してついていく。

その様子を十人近い男たちがにやけ顔のまま、ティグラウンドの横で見つめていた。

(いっ、いやっ、なにこれ、なにかくる)

電マがクリトリスを責めはじめてどのくらいたっているのかわからない。ただまだかなり時間は残っているように思う。

そんな中で愛香は自分の身体に変化を感じていた。

快感が一気に身体の中で膨らんでいくような感覚に囚われる。未経験の愛香だが、自分が女の絶頂に向かっていると本能で察していた。

(わ、私、イキそうになってる?)

「ああっ、いやっ、いやいや、いやああ、もうだめえ」

電マの振動はあまりに強烈で息をつく暇も与えてくれない。

立ったまま愛香は膝を内股気味にし、赤いビキニのグラマラスな身体を強ばらせた。

「おおっ、もうイクのか、いいぞ、そのままイキなさい」

愛香の様子からそれを察知したのか、行村は電マを強くうえに押しあげた。

ビキニのパンティに振動するヘッドが食い込み、クリトリスが信じられないくらいに震えた。

「あああっ、あああっ、見ないでぇぇ、ああっ、あああ、あああ」

薄目を開いたときににやつく男たちの顔が視界に入った。いまから晒す醜態を見られたくないと愛香は泣き叫ぶがもう自分の意志でどうにかなるものではなかった。

「あああっ、はあああん、あああっ」

頭の中でなにかが弾けるような感覚と共に、ティグラウンドに立つ白い身体がビクビクと痙攣した。

絶頂の発作は断続的に湧きあがり、そのたびに愛香は剝き出しの両脚を痙攣させてイキ果てた。

「ふふ、いいイキっぷりだ。まだ一分は残っているがこれで勘弁してやろう」

そう口にした行村は電マを引きあげていった。

「あっ、ああ……ああ……」

同時に愛香はへなへなとその場にへたり込んだ。彼の言葉がほんとうならば、愛香は一分ももたずにイッてしまったことになる。

「今度からイクときはちゃんとイキますって言えよ、スケベな愛香ちゃん」

ティグラウンドの芝生に息も絶えだえで膝をつく美少女に、理事たちから遠慮のないヤジが飛ぶ。

　スケベ呼ばわりされても愛香には反論する気力もない。ふと顔をあげると青いビキニ姿の奈月が口を塞いで呆然としていた。

「さあ、二十秒以内にティショットをするんだ。カウントを始めるぞ、二十、十九」

　源造が腕時計を見ながらカウントダウンを始めた。もし時間内に打てない場合はもう一度電マをあてられるとルールの用紙に書かれていた。

「ああ、はい……」

　みじめなイキ姿を男たちや同級生に見られたことを恥じらう暇もなく、愛香はドライバーを振りあげた。

　ただこんな状態で身体がまともに動くはずもなく、放たれたボールは大きく曲がっていった。

「ギリギリOBじゃないくらいですかね」

　教頭が向こうを見ながら呟いた。愛香の打ったボールは深い草むらにあるだろうから、二打目もまともに打つのは無理に思えた。

「ああ……」

　まだ膝がガクガクと震えているこんな状態では勝つどころか五ホールを戦い抜くの

も無理に思える。

いまさらながらに愛香はこの特別プログラムの、性的な責めを受けながらゴルフをすることの恐ろしさを痛感していた。

「あっ、あああああ、だめっ、いやっ、あああああ」

ドライバーを握りしめたまま呆然となっていると、急に女の声が響いた。

「あっ、ああ、はあああん」

ティグラウンドの端で今度は奈月が電マ責めを受けて喘いでいた。


「よしっ」

ホールが進んで三ホール目、最後のグリーンで柴田がボギーパットを入れた。

先にホールアウトしている愛香は三ホール終了時点で柴田よりも二オーバー、奈月は一オーバーとなった。

愛香も奈月もゴルフになっていない状態だが、柴田のほうもギャラリーの理事たちいわく数年に一度の絶不調だそうで、三人ともにスコアを崩している状態だ。

「いやー、みなさん、申し訳ない」

カップから自分のボールを取った柴田が頭を下げている。

「勝ちは勝ちだぞ、柴田さん、気にするな。ひひひ」

グリーンから降りてきた柴田に行村が声をかけた。途中で教頭の進悟が愛香たちに囁いてきた。行村は後援会の理事長で、とある企業の社長だという。

そして無垢な少女の性感を開発して淫乱な身体にすることに、心血を注いでいる人間でもあるらしかった。

（い、淫乱なんて……そんな、いや）

肉体を開発されるなど想像もつかず、とにかく恐ろしい。ただこのホールのティグラウンドでもイカされた愛香も、そして奈月も合計三度も女の絶頂にのぼりつめていた。

このプログラムから脱出することが叶わなければ、自分も動画で見せられた先輩のように自ら肉棒を求めるような女になってしまうのだろうか。

「ということは、おっぱい丸出しだ、ははは、早くそれを取れ」

怯える愛香の耳に下品なヤジが聞こえてきた。

そう、愛香と奈月はこの三ホール終了時点で柴田に負けている。ということは残りのホールはビキニのブラを外してパンティ一枚でプレーしなければならないのだ。

「ああ、いやっ」

男たちの視線が三角形の布から白い乳肉をはみ出させた胸に集中する。

愛香は本能的に両腕を胸の前で交差させて背中を丸くした。

「なにをしている。そういうルールだろう。ほれ手伝ってやる」

なよなよと首を振る愛香の背後に忍び寄った源造が、首と背中にあるビキニのブラジャーを固定している紐を解いた。

「あっ、いやっ」

両腕で乳房を押さえているのでブラジャーが外れることはなかったが、紐ははらりと落ちていき、愛香の不安をかき立てた。

「あなたも外してあげましょうか？」

すぐそばで立ち尽くしている奈月に近づいた進悟がそう声をかけている。

「ひ、必要、ありません」

にやついて紐を引こうとした進悟を睨みつけて奈月は自分の手を背中にもっていく。

度胸のある彼女はもう覚悟は決めているとばかりに、自ら青いブラの紐を外していく。ただ固く目を閉じたその顔は真っ赤で地獄のような羞恥の中にいることを感じさせた。

「おおっ、美しい」

いまだ身体丸めて立つ愛香のすぐ目の前に、ただのブルーの布きれとなったブラジャーが落ちてきた。

同時に理事たちが少々間抜けな声をあげた。

(奈月さん……ああ……)

乳房を守ることもしていない奈月は悔しそうな顔を横に伏せたまま、真っ直ぐに立っている。

その胸のところで美しい形のDカップそのすべてを太陽の光のもとに晒していた。

「さすが十代、まんまるの形だ」

つらそうな奈月に対し、理事のおやじたちは満面の笑みで口々に卑猥な言葉を言う。

ただ同性の愛香から見ても奈月のお椀形の乳房は白い肌が透き通り、彫刻のように美しい。

薄ピンクの小ぶりな乳首がツンと上を向く姿は、彼女の気持ちの強さをあらわしているようにも思えた。

「あとは君だけだぞ、さあ腕を大きくあげて頭の後ろで組んでみなさい」

ブルーのパンティだけの姿になって長身の身体まで赤く上気させている奈月。それを舐め回すように見ていた理事たちの目が今度は愛香に集中してきた。

「ああ……いや……ああ……でも」

誰にも見せたことがない乳房を晒すのは耐えられない。だが奈月だけに恥ずかしいまねをさせているわけにはいかなかった。

(もう死にたい……)

大きな瞳に涙を浮かべながら、愛香は命令されたとおりに両腕を持ちあげていき、手を頭の後ろにもっていった。

「うおおおお」

落ちたブラジャーが太腿を擦れていくのを感じるのと同時に、三番ホールのグリーンが言葉にならないどよめきに包まれた。

愛香の顔よりも大きいのではないかと思えるふたつの肉房が、飛び出した反動で上下に大きく弾んでいる。

それだけ巨大なのに見事なまでの丸みを保ち、下乳のあたりにはパンと張りがあった。

「ああ……見ないで……」

とても目を開ける勇気がなく、愛香は両腕をあげて立つ身体を震わせながら小さな声を漏らすのみだ。

ただそうしていても、双乳の頂点にあり、ここは乳房なりに少し面積が広くてぷっくりとした乳輪や、反対にまだ幼さの残る小粒な乳首に痛いくらいに視線を感じた。

「ちょっと見たことがないくらいにすごいおっぱいだな。ふふ、柴田さん頑張ってくださいよ」

それぞれに美しい巨乳を晒して立つ美少女にみんなが黙って見惚れるなか、行村が絞り出すように言った。

「え、ええ、頑張ります」

それに答えた柴田だったが、興奮に声をうわずらせていた。

「し、柴田さん、頼むよ、ほんとに」

四ホール目が終わり、一行は最終となる五ホール目のティグラウンドにいた。

ノーブラとなった二人の美少女に惑わされたのか、柴田はスコアを崩し、愛香は二打、奈月は三打リードしていた。

まともにいけば一ホールで挽回は難しい差がついている。

(こ、ここさえ取れば……ああ……)

だが愛香に余裕などあるはずもない。ティショットのたびに合計四度もイカされた身体はずっと痺れている感じがする。

最終はパー三打のショートホール。ティグラウンドからグリーンが見えていて、その手前には池があり、そこに落ちたら一打罰で打ち直しだからプレッシャーがかかるホールだ。

だが愛香も奈月も勝利を目前にしている。二人はもちろん理事たちも緊張していた。

「では私からですね……」

第四ホールで一番スコアの悪かった柴田が、アイアンを手にしてティショットの構えに入る。

理事たちの中には拝む仕草を見せている者もいる。もし柴田が普通の調子だったら、愛香も奈月も大差をつけられていただろうと思える美しいフォームで第一打がショットされた。

「おおっ、ナイスショット」

ずっと乱れていた柴田のアイアンショットだが、ここに限っては綺麗な軌道を描いてグリーンオンした。

それだけではないカップに向かってボールが転がっていく。

「入れっ、ああっ、残念」

愛香たちの後ろに立つ理事が思わず声をあげてしまう。ボールは危うくホールインワンになるかと思ったがカップの少し手前で止まった。

「でもバーディは確定だな、ふふ、さあ次は奈月ちゃんだな。さあ二分間で二回はイカせて柴田さんをアシストせんとな」

続いてショットするのは奈月だが、その前に電マ責めを受けなければならない。

恐ろしいことを口にしながら、行村が電マを振動させてお椀形の乳房を晒している奈月の前に歩み寄った。

「くっ、あああ」

ブルーのビキニパンティの股布に音を立てて震えるヘッドがあてがわれた。

細くしなやかな白い身体がのけぞり、奈月の引き攣った声が芝生の上に響いた。

「ああっ、はああん、あああっ、だめっ、あっ、あああ」

長く白い脚が内股気味になり、ふだんは気の強さを感じさせる整った顔が歪む。

ただ声は一気に艶やかになり、切れ長の瞳も視線が定まらなくなっていた。

(ああ……奈月さん……つらいのね……感じてしまうのが)

奈月はときおり白い歯を食いしばるような仕草を見せるが、すぐにまた唇が開いて喘ぎ声が漏れる。

耐えようと思ってもクリトリスからの快感に翻弄されているのだ。そしてそれがわかるのは愛香もまた同じようにいままでの四ホールで何度もイカされているからだ。

「ああ、はあああん、だめえ、ああっ、あああ」

上体がのけぞるたびに、Dカップの乳房がブルブルと弾む。どうしようもなくよがり泣く同級生の痴態に愛香の精神も追い込まれていった。

「ああっ、イク、イクイク、あああっ、あああ」

第一ホールのあと、教頭からイクときにはちゃんと告げるように命令されているので、愛香も奈月もそれに従っている。

というよりもバージンの身体を駆け巡るクリトリスの快感に、抵抗する気持ちなど持てずにいた。

「それ、もっと脚を開け」

過激なデザインの紐パンティだけが守る奈月の下半身の間に自分の身体を入れ、行村は電マをさらに強く突きあげた。

「ああっ、いやっ、まだイッてる、あああっ、あああん、ああっ」

まだ絶頂の発作に奈月の身体が引き攣っているというのに、行村は責めの手をいっさい休めない。

いままでのホールでは一度達したらそれで終わりだったのだが、最終のここは二分間、責め抜くつもりのようだ。

「許して、あああ、お願いです、ああっ、イク、またイッちゃう」

今日初めて奈月が弱音(よわね)を吐き、長身の身体をのけぞらせた。瞳が宙を泳ぎガクガクとガニ股気味になっている白い脚が震えた。

「はっ、はうん、ああっ、くうう」

もう奈月は耐えきれないように足元にいる行村の肩に手を置いて、腰をくねらせながら二度目のエクスタシーにのぼりつめた。

「あ、ああ、だめ……」

そして小さな呟きとともにへなへなとティグラウンドに膝をついた。精神力の強い彼女が息も絶えだえになっている姿に愛香は呆然となった。

「おっともう二分です。さあ打ってください、奈月さん。カウントを始めます」

二分間で二度達した奈月。どれだけ身体に力が入らなくても打たなくてはならない。

ふらつく足どりで立ちあがった彼女はアイアンを構えてスイングに入った。

「ああっ」

力なく浮きあがったボールに声をあげてしまったのは愛香だった。

打った瞬間にショートしてしまったのがわかるくらいに弾道が低い。グリーンまで届かずに手前の池に波紋を広げて沈んでいった。

「打ち直します」

本来なら池ポチャは一打罰で池の少し手前から打ち直しなのだが、その周辺の地面の傾斜などがきついため、ローカルルールで打ち直しも選択できる。

ふだんの練習プレーの際もほとんどの人間が打ち直しを選んでいた。

「わかりました。二十秒以内にどうぞ」

進悟がにやつきながら落ち込む奈月にボールを手渡す。次に打った打球もグリーンを大きく外れた。

奈月はここで三打目である。柴田は確実にワンパットで沈められる距離なので彼女は一気に不利になった。

「次は愛香ちゃんだな。デカパイ揺らしてたら池に落ちるぞ」

勝ち抜けるかに思えた奈月が窮地に陥ったのを見て、理事たちが色めきだつ。

三番ホールのあとにバストを露出してから、ヤジの内容も卑猥さを増していた。

「乳首が立ってるぞ、ふふ、そっちにもコイツをあててやろうか？」

同級生たちに比べて一段も二段も大きな膨らみを見つめられ、恥じらいに顔を伏せている愛香の前に電マを手にした行村がやってきた。

「あっ、くうう、いやっ、はああっ」

愛香に戸惑う暇も与えず、行村は震えるヘッドを赤ビキニの股間にあてがってきた。

奈月とは違い、むっちりとした感じの白い脚の前に膝をついた中年男は、的確にクリトリスを捉えてきた。

「ああっ、はうっ、あああああ」

快感が頭の先にまで突き抜けていき、高校生とは思えないグラマラスな身体がのけぞる。

芝生に立つシューズだけの脚が内股気味によじれ、巨大ながら張りの強いバストがブルブルと弾んだ。

「顔もどんどんエロくなってるぞ、電マが癖になったんじゃないのか?」

ギャラリーたちもみんな愛香の痴態に見とれている。

「いっ、いやっ、見ないで、あっ、あああん」

揺れる乳房よりも熱く火照る顔を見られるのが恥ずかしい。自分はいまどんな表情をしているだろうか。

唇を閉じることもできずに喘ぎまくる淫女のような顔になっているのか。

「ああああっ、だめえ、はあああん、イク、イク、イクううううう」

恥じらいと快感の中で愛香は一気に頂点にのぼりつめた。心はつらくてたまらないのに身体の敏感さは拍車がかかっていた。

「はうっ、ああっ、ああっ、イクっ」

芝生に立つ身体がビクビクと痙攣し、いつの間にか赤いパンティが食い込んでいる巨尻がキュッとなった。

「ふふ、早いのう、三回はイケそうだな」

クリトリスからの大波のような快感に翻弄される愛香を、行村は巧みに電マを動かして責めつづける。

「ああっ、三回なんて、ああっ、許してください、はあああん」

まだ全身がエクスタシーに痺れている状態で追撃され、愛香はもう意識まで朦朧としてくる。

ただ肉芽の感覚だけはやけに鋭敏で、振動がすべて快感に変化していた。

「あああっ、またイク、イクイク」

イク瞬間は言葉として告げなければならない命令を、いまの愛香はなにも考えることもなく実行していた。

「ほれほれ、まだまだ」

三回の宣言どおり行村は電マをさらに強く押しつけてきた。

「ひあああ、だめええ、あああっ、あああ」

Gカップを揺らしてのけぞる立位の美少女は、もう雄叫びのような声をあげている。視界も怪しくなってギャラリーも目に入らない。ただ勃起した乳首がひりつく感覚と腰骨まで砕けるような快感に翻弄された。

「イッ、イッちゃう、あああっ、ああ、イクうううううう」

三度目は一際快感が強い。自然と後ろに腰が落ち芝生に尻餅をつく、それでも行村は電マを押しつけて逃がしてくれない。

「あああっ、ひうっ、あああっ、ああああん」

後ろに手をついてM字開脚になった美少女の股間に電マが突きたてられる。

頭が落ちるくらいに背中を反り返まま、愛香は雄叫びをあげつづけた。

「ふふ、まだ時間はあるがこのくらいで勘弁しておいてやるか」

一気に三度も絶頂に追いあげたことに満足したのが、行村は電マを引いて去っていった。

「ひ、ひぐ、あっ、ああ……」

電マが離れてクリトリスが開放されても、まだ身体の引き攣りが止まらない。

愛香は瞳を泳がせたまま、うっすらと腹筋が浮かんだ腹部を波打たせていた。

「さあ、早くしないと、あと十五秒ですよ」

「あ、は……はうっ」

進悟の言葉に愛香は懸命に立ちあがる。だが膝が砕けて倒れそうになる。

それでもアイアンを手にしてなんとかボールを打った。

「あっ」

もちろんだがそんな状態でボールがまともに飛ぶはずがない。なんとか池は越えたもののグリーン横にあるバンカーにつかまってしまった。

しかも打ちおろしで勢いよく砂に落下してめり込み、いわゆる目玉の状態になっていた。

「よしっ」

理事の一人が声をあげた。引き分けだと愛香たちは通過できない。一打でも上回らなければ負け同然となるルールだ。

柴田が短いパットを入れると仮定すれば、愛香も奈月もギリギリの状態だ。

「さあ、最後だ、いくぞ」

四ホール目が終わったときには少し元気がなかったように見えた校長の源造が、はしゃいだ様子で号令をかけた。

「オッケー」

最終ホールとなる五番グリーン。柴田が最後のパットを見事に決めて二打のバーディであがった。

これでいよいよ愛香と奈月は追いつめられた。奈月はこの一打を直接カップインしなければ次を入れても引き分けだ。

愛香はまだ一打余裕があるが、バンカーショットをワンパットで決められる圏内に落とさなければかなり苦しくなる。

(集中しないと……)

バンカーの砂に半分埋まっている愛香のボールは、さらにグリーン側の端に近い場所にある。

真っ直ぐに打ったらせり出した感じのする縁にあたってもう一度バンカーに返ってきてしまう位置だ。

(慎重に……)

二打でいい。その思いがよけいにプレッシャーとなる。愛香はまだクラブを持たずにゆっくり深呼吸した。

ボールは奈月のほうがカップから遠いので先に彼女が打たなくてはならない。申し訳ないが少しでも息を入れて絶頂の余韻が残る身体を落ち着かせたかった。

「打つのはゆっくりでいいぞ。二人とも休憩しなさい。こちらもしなければいけないことがあるからな」

珍しく源造が愛香たちのプラスになることを言った。さっきまでイッたばかりの美少女二人に早く打てと煽りつづけていたというのに。

「じゃあみなさんいきますよ。そうれ」

だが間を取ったのは生徒を思ってのことではないと、すぐに判明した。

理事の数人と教頭の進悟が四角い木の柱のようなものを奥の林から担いできて、グリーンの奥に立てはじめた。

「え、ああ……まさか……」

グリーンを挟んで反対側にあるバンカーにいた愛香は、自分の背丈の倍以上はある高さのそれを見て言葉を失った。

柱に思えた木製のそれは、長い支柱に二本の木の板がカタカナの「キ」の形のように横に打ちつけられたものだった。

よく目をこらしてみればその横板に黒革のベルトが取り付けられている。

「負けたお前たちを裸で磔(はりつけ)にするための台だ。ふふふ」

源造がわざわざ歩み寄り、いやな予感に震える愛香に囁いてきた。愛香も見た瞬間に気がついていた。

あれに磔にされるということは、両腕を横に拡げ、脚は逆Vの字に開いて空中で固定されることになる。

当然ながら全裸ならば、下から女のすべてが丸見えだ。

「い、いやっ」

息をするだけで揺れる乳房は、いまはバンカー周りにまとわりつくようにいる理事たちの視線が集中し、乳首が敏感そうだなどといやらしい言葉を浴びせられている。

恥ずかしくてたまらないのに、このうえ股を開いて誰にも見せたことがない場所を凝視されるのだと思うと身体がすくんだ。

「ふふ、勝てばいいのだ。さあ、再開だ」

磔台はもちろんだが二人分、二台立てられた。横に並んだ白木のそれを見ていると、自分が女囚になったような気持ちになった。

だが源造の言うとおり、二打以内でカップインすればいいのだ。

「みなさん、奈月さんが打ちますから下がって」

バンカー近くにいる愛香やギャラリーたちに進悟が声をかけた。

目線を向けると奈月がウエッジを構えてアドレスに入っていた。心なしか彼女の顔も絶頂後の朱色から蒼に変わっているように見えた。

「あっ、ああ……」

奈月は下を向いてボールに集中して打ったように見えた。ただ明らかにフォームがギクシャクしている。

ボールはグリーンに向かったもののカップにまるで近づかず、大きく弾んで反対側のラフにまで達してしまった。

これで奈月は次を入れても柴田と同スコアとなり、敗北が確定した。

「はは、三打差も意味がなかったな」

呆然となって奈月はクラブを手にしたままその場に膝をついている。形の美しいDカップの乳房やピンクの乳首が少し悲しげに見えた。

「ようし、あの長い脚が大股開きだ」

理事たちは奈月に同情する様子もなくはしゃいでいる。彼らにとって二人は欲望の対象でしかないのだ。

「ふふ、お前も頑張らないと尻の穴まで晒すことになる」

「ひっ、そ、そんな」

愛香は引き攣った声をあげた。ただグリーンの向こうに見える礫台に全裸でかけられるということは、脚が大開きになるので源造の言葉どおりになるはずだ。

「さあ、打ちなさい」

時間を与えてくれたのが愛香たちをさらに追いつめるのが目的だったと、いまさらながらに気がついていた。

ゴルフはメンタルの影響が強いスポーツだ。心を乱されること、プレッシャーに負けることでショットがすぐに乱れる。それが源造の思惑なのだ。

(落ち着け、二打でいいんだ……)

心の中で自分に言い聞かせながら、愛香はバンカーにシューズを履いた脚を固定し、アドレスに入った。

「おっ、強いか？」

充分に集中して打ったつもりだったが、巻きあげられた砂の中から飛び出した白いボールは低い弾道でバンカーのへりをかすめてグリーンに向かう。

ただ勢いが強すぎてよく転がり、カップからどんどん離れていった。

「ああ……」

ボールの転がりはなかなか止まらず、グリーンからこぼれ落ちてしまった。

次はそれを一発でカップインしなければ、愛香はこの地獄から抜け出せないことが決まってしまう。

「ひひ、いよいよ明日からあの巨乳を揉み放題だな。ピンクの乳首もたっぷり可愛がってやるからな」

バンカーを出てボールのある場所に向かおうとするパンティ一枚の美少女に、理事の一人が淫らな言葉を浴びせてきた。

「い……いや……そんな」

腕で乳房を隠すのは禁止されているので、愛香はたまらず身体を捻って彼らの視線を交わそうとする。

その動きからワンテンポ遅れて豊満なふたつの肉房が弾むのが悲しげだった。

(これを入れないと、ほんとうにあそこに裸で乗せられる)

グリーンを通過したボールはラフにまでは達しておらず、直接カップを狙えなくもない。

慎重にラインを読む愛香だったが、その近くには二台の白木の礫台が君臨していて、どうしても集中できない。

近づくと高さがかなりあり、威圧感が凄まじいのだ。

「う、打ちます」

ピッチングウェッジを手にしてアドレスに入っても、肩に重たいなにかがのしかかっているようなプレッシャーがある。

(しっかり打つ)

直接カップを狙う十メートル以内のショット。パワーは必要ないはずなのに、愛香は明らかに力が入っていた。

「あっ」

打った瞬間声をあげたのは愛香だった。力を抜こうとするあまりボールがショートしている。

「うわっ、入るか。止まれっ」

ただラインには乗っていてグリーンの下り傾斜をゆっくりと転がっていく。

(お願い、入って……)

祈るような気持ちで愛香はクラブを握りしめた。ボールはゆるゆると転がりカップに近づいていくが、二十センチほど手前で停止した。

「よし、勝負ありだ」

源造のコールが響き、理事たちが歓声をあげる。絶望の中で愛香は呆然と立ち尽くしていた。

「ふふ、せっかく二人のお股の大公開です。趣向を凝らしましょう」

グリーンの横に立てられていた磔台は一度地面に倒され、そのうえに愛香と奈月は四肢を固定された。

手首と足首をがっちりと黒い革ベルトで縛りつけられ、足の裏を乗せて身体を支える板が打ちつけられた。

「ああ……」

愛香は大きな瞳に涙を浮かべたまま、なよなよと首を振っていた。手脚を固定されると不安感がすごい。

もうなにをされても抵抗すらできないという思いに胸が締めつけられた。

奈月はDカップの張りの強い乳房を晒したまま、固く目を閉じている。その強く結ばれた口元が彼女の屈辱感をあらわしているように思えた。

「これで磔台を立てると同時にパンティも外れます」

教頭の進悟は愛香たちの腰の辺りを挟むかたちで、磔台横の地面にテントを張るときに使う金属のペグを打ち込んだ。

そのペグの頭に釣り糸を結び、反対側を愛香たちのビキニのパンティの紐に結んだ。

彼の言うとおり、磔台が起こされると同時に地面に打たれたペグとパンティの間で糸が張り、紐の結び目がほどけてしまうだろう。

(ああ……ついに裸にされるのね)

愛香の大きく開かれた肉感的な白い脚の先には磔台を入れて立てるための、金属で補強された穴がある。

ふだん、ラウンド練習でこのコースを使っているが、そんな穴を見た記憶はない。

これだけ細かい用具まで準備万端だということは、校長たちはいつもクビになりかけた研修生をこうしてコースで磔にしているのだろうか。

(もしかして……私……とんでもない地獄に……)

そう考えると校長たちが悪魔のように見える。愛香は羞恥と恐怖にただ怯えていた。

「さあ、みんなさん、立てますよ。半分ずつに分かれてください」

進悟が声をかけると、理事たちや校長までも二人の美少女が大の字開きにされた磔台の周りに群がった。

　そして全員がにやけ顔で羞恥に震える愛香の顔を覗き込みながら、磔台を軽く持ちあげた。

「さあ、いきますよ。そうれっ」

　教頭のかけ声と共にパンティ一枚の身体が磔台とともにふわりと浮かんだ。

「ああっ、いやっ、いやあああ」

　磔台が勢いよく起こされるのと同時に、パンティの布が強く横に張るのを感じた。

思わずあげた愛香の悲鳴が森に囲まれたコースに響くなか、パンティが一気に身体から去っていった。

「おおっ、以外と濃いんだな」

　磔台はそのままグリーン横の穴に突っ込まれ、愛香と奈月の身体は地上から二メートルほどの高さに晒された。

　最後の一枚は布きれのようになって、二本のペグの間にある。男たちはいっせいに愛香たちの足元に群がり、ついに剝き出しとなった美少女の媚肉を見あげた。

「こっちは薄めだな。やっぱり発育のいいほうが毛も濃いんだな」

　奈月の磔台の下にも理事たちがいて、二人の股間を交互に見ている。

「いっ、いやあああ、ああ、見ないでください」

地獄のような羞恥に愛香は泣き声をあげた。大きすぎるバストもコンプレックスであるが、愛香は下の毛がけっこう濃いのも気にしていた。

面積が広いわけではないが、陰毛は一本一本が太めで密度も濃いため、密生した草むらといった見た目だ。

「奈月ちゃんは地肌が見えるくらいだな。ピンクの筋も綺麗だぞ、くく」

理事長の行村は奈月の下にいて、陰毛が薄い少女のような股間を見あげている。

奈月はぐっと唇を噛んで羞恥に耐えている感じだ。

「ひひ、こっちは少し開いてるな。はは、オマ×コの周りまで少し毛が生えてるぞ、自分で見たことがあるか」

愛香のほうにいる理事の一人がそう口にした。

「ああっ、いやいや、知りません、ああっ、いやああ」

もう愛香は羞恥に真っ赤になった顔を大きく横に振って泣き叫んでいた。

瞳を開けば見慣れたホームコースのグリーンや池、ティグラウンド、その向こうにある森が視界に入る。

磔台の上からそれらを見下ろし、剝き出しの身体に冷たい風があたるのを愛香は感じていた。

（ああ……お母さん……）

離れて暮らす母はまさか自分の娘がこんな場所で女のすべてを中年男たちに晒しているとは思いもしていないだろう。

ふと母の顔が頭に浮かび、愛香は大粒の涙を流すのだ。

「ほれ、自分でもちゃんと見てみろ。少し濡れてるぞ」

すすり泣きまで見せはじめた美少女に同情する様子も見せずに、理事の一人が鏡を手にして愛香の股間の下に持ってきた。

「あっ、いやっ、いやあああ、見せないでください、ああ」

彼の言葉に視線を落とした愛香はさらなる悲鳴をあげて、目を固く閉じた。

一瞬だけであったが自分の股間の映像が瞼の裏から消えない。

（ああ……全部見られてる……あれを……）

大きく割り開かれた白い太腿の奥に濃いめの陰毛とピンク色の裂け目がある。

彼らの言うとおり少し口を開いている感じのする淫唇の奥にさらに薄桃色の媚肉があり、ヌラヌラと輝いていた。

「ああ、お願いです、ああっ、もう許して」

初めてちゃんと見た自分の性器。淫靡な軟体生物のようなそこが自分の身体の一部だと愛香はすぐに受け入れられなかった。

「ひひ、だめだ。いまからワシらは花見だ。まだちょっとつぼみの女の花をじっくりと楽しませてもらうぞ」

源造はそう言いながら、教頭が持ってきたクーラボックスから缶ビールを取り出して、みんなに配っていった。

全員がそれぞれビールを手にして、晒し者となった美少女ゴルファーの下に胡座をかいて乾杯した。

「それにしても、くく、愛香ちゃんはいい身体だな。ゴルフよりもＡＶ女優の才能のほうがあるだろう」

「奈月ちゃん、お尻の穴も可愛いな。ここからウンチが出てくるなんて信じられん」

男たちは空中で割り開かれている二人の肉体を視姦しながら、満足げに酒をあおり、上機嫌で言い合っている。

「ああ……ああ……」

冷たい風をＧカップの巨乳に、男たちの野卑な視線を股間に浴びて、愛香は死んだほうがましなのではないかとさえ思っていた。

ただこの状況から逃げる術などなく、ただ真っ赤になった顔を伏せて羞恥に耐えつづけるのみだった。

第三章　性感開発のダブル絶頂

「ではレベル2での二人の生活や行動について指示します」

　屈辱の全裸磔の翌日、朝早くに教頭の進悟が室内練習場に現れた。起床時間の三十分前だったが愛香はあまり眠れなかったので、すぐに部屋としてあてがわれているプレハブから外に出た。

　奈月も同じだったようで、薄いピンクのブラジャーとパンティ姿の彼女の目の下にはクマがあった。

「基本的なスケジュールは変わりません。午前は勉強、午後からゴルフの練習というのは同じです。そして夜からはいよいよ理事のみなさんによる性感開発が始まります」

　にやけ顔で今日は白下着の愛香を見たあと、進悟は言った。

（ああ……身体を……）

全裸で股間の奥まで見つめられて羞恥に泣いた愛香だったが、今日からもっと過激な行為を受けなくてはならないのだ。

レベル2では性感開発という恐ろしい行為が待っているのだ。

「ルールを説明しますと、理事のみなさんはセックスをする、つまりはおチ×チンをオマ×コに入れる以外はあなたたちの身体になにをしてもかまいません」

そして二人に理事たちの行為を拒否する権利はないと、進悟は付け加えた。

「まあ、あなたたちもビデオを見たでしょう。千里さんと同じです」

愛香の脳裏に大の字にされて喘ぎまくる先輩の姿が蘇った。

男たちの手がまさに彼女の身体にまとわりつくように這い回り、淫らな絶叫がスピーカーから響きわたっていた。

「く……」

隣に立つ奈月が唇を噛んだ。二人とも同じように全身を嬲られるのだ。

「まあ、そんなに緊張しなくても痛いことをされるわけではないですから、ふふ、マッサージですよ。あと、今日から理事のみなさんはここに出入り自由となります。あなたたちの練習も見学可能です」

痛い目にあわされたほうがよほどましにも思える。そして理事たちは常に愛香たちに接触ができるようだ。

「最後に服装も毎日、理事の指定したものになります。今日は制服を着てください」

下着姿での練習を理事たちに見られるのではと思ったが、意外にもスカートとブラウスの制服でという指示だった。

「ただしですね、下着類の着用はいっさい禁止。リボンは外してブラウスの胸のボタンはうえから四番目まで外してください」

「そ、そんな」

ボタンをそんなに外したら乳房の下まで開く状態になるはずだ。しかもスカートの中は剥き出しの股間となる。

下着姿よりも卑猥に思える姿での練習、それも中年男たちが見つめる前で、愛香は反射的に声を出した。

「はは、なにを言ってるんですか。あなたたちはもう奥の奥まで見られてるじゃないですか、いまさらですよ」

進悟の言葉で愛香は昨日の大股開きで晒された自分を思い出す。芝生に座って見あげてくる中年男たちの視線。愛香は顔を真っ赤にしてうつむくだけだった。

「おおっ、黒い毛が覗いたぞ」

理事たち数人との昼食会のあと、校長の源造は彼らと共に愛香と奈月のいる室内練習場に赴(おもむ)いていた。

進悟が注文して校則よりも遥かに短くなったチェック柄のスカートを穿いた美少女二人が、ネットに向かってボールを打っている。

「奈月ちゃんはほんとうに脚が綺麗だな」

ドライバーを振る二人にボールを出すというのを口実に、理事たちはかぶりつきの距離で彼女たちの正面に陣取っている。

ドライバー練習は動きが大きいのでスイングするとスカートがひらりとまくれた。

そのたびにほかにいる理事たちもやんやと歓声をあげている。

（ふふ、たまらんだろうな、二人とも……）

耳まで赤く染め、黙々と目の前のネットに向かってボールを打つ二人の美少女ゴルファー。

大きく前開きになったブラウスの間でDカップとGカップの巨乳がクラブを振るたびにブルンと弾み、ときおり、ピンクの乳首がこぼれ落ちるのがまたいやらしい。

地獄のような羞恥に耐える二人に源造はなんとも情欲をかき立てられるのだ。

（まだ始まったばかりだぞ、これからお前たちを快感地獄に堕としてやる）

涙目になってつらそうに打ちつづける奈月と愛香。二人を淫婦に仕立てあげ、理事たちが経営するAVプロダクションや卑猥なショーを行うクラブで働かせる。

目的のひとつではあるが、それよりも源造は無垢な少女が羞恥に身悶えながら、耐えきれず快感にのたうつ姿を見たいという願望に囚われていた。

「最高の素材ですな、今年の二人は」

少し離れた場所で室内練習場の金属の壁にもたれて立つ源造のところに、後援会のトップである理事長の行村が近づいてきた。

彼もまた女を抱きたければ自由になる財や権力を持っているのに、大金を出資して協力しているのは、やはり普通だとヌードを見ることとすら叶わないゴルファーの卵たちを喘がせることに興奮を覚えるからだそうだ。

「ふふ、やりがいがあるでしょう、行村さん」

同じ趣味を持つ者同士、源造と行村は昵懇（じっこん）の間柄といってよかった。

「そうですな。二人ともマゾッ気もありそうだし」

恥ずかしげに下を向いてドライバーを振る愛香。じっとボールを見つめギャラリーなどいないかのようにスイングする気が強い奈月。

そんな二人に被虐の悦びを得る性質があると行村は感じているようだ。行村はＳＭプレイも好きで、これまで何人ものマゾ女性を相手にしてきたようで、彼のこういう勘はけっこう当たるのだ。

「それだけじゃないですぞ。愛香ちゃんのほうは露出癖もありそうですね」

スイングと同時にスカートが大きく浮きあがり、ゴルファーらしいムチムチの太腿や、女子高生にしてはみっしり濃い陰毛を晒す色白の少女に、他人に恥ずかしい姿を見られて性感を燃やす素質があると行村は言うのだ。

「なんですと、それは……はは、いいですねえ」

行村の勘が正しいとすれば愛香は肉体だけでなく、心のほうもかなり淫らな性質を持って生まれてきているようだ。

（ふふ、一枚一枚その本性を暴いて、お前を最高の女奴隷に仕立ててやるぞ）

まさに最高の素材と言っていいえるグラマラスな十七歳を前に、源造は興奮に喉をひりつかせるのだった。

「さあさあ、いよいよ本番だぞ、脱いだ、脱いだ」

陽が落ち、愛香と奈月がいよいよその肉体を嬲られる時間がやってきた。

室内練習場には土の部分もあるのだが、そこに理事たちは杭を四本、等間隔で打ち込んだ。

そして大きな建物の天井下を横切る鉄骨の梁にはしごを持ち出してロープを通した。

「あっ、いやっ、そんな、あっ」

そんな作業をやけに手慣れた感じで行う男たちを怯えた表情で見ていた二人に、行村や源造がまとわりついてきた。

背後から腕が伸びてきて、お腹のあたりまで開いているブラウスのボタンが全部外され、白く美しい乳房がこぼれ落ちた。

「さんざん黒い毛を見せつけておいていまさらなんだ。ほれ」

ネチネチと囁きながら、源造は愛香のスカートのホックを外し、ブラウスを引き剝がした。

下着の類いはいっさい着けていないので、一糸まとわぬ姿になった。

「いやああ」

愛香はその場で身体を丸めてうずくまり、奈月も恥ずかしげに前を隠していた。

「はは、もう尻の穴の色までバレてるのに、隠す必要もないだろう」

恥じらう美少女たちに行村が卑猥な言葉を浴びせかける。確かに磔にされてすべてを晒したが、それで恥じらいがなくなったわけではない。

しかもお尻の穴などと言われたら、もう死んでしまいたくなるくらいにつらかった。

「そうですね。色も綺麗だし、なにより肉が柔らかそうだ。すぐに立派な性器になりますよ」

しゃがんだ状態で背中を丸めて膝を抱える愛香の、ここは丸出しになっている巨尻の下に教頭の進悟が手鏡を差し込んだ。

「いっ、いやっ、やめて」

鏡には愛香の小さなすぼまりが映し出されている。それにここが性器とはどういう意味だろうか、愛香は恥ずかしさと恐ろしさに両手でヒップの割れ目を隠した。

「今度は自慢のデカパイがこぼれたぞ、愛香ちゃん」

身体を起こしてお尻を守ろうとすると、巨乳が膝と身体の間でブルンと弾んで姿を見せた。

丸くて張りのあるGカップと色素の薄い乳頭部が躍るのを見て、離れた場所にいる理事が笑っている。

「ああ……いやあ……」

片方を守れば、もう片方が丸見えになる。愛香はどうしようもできずに泣き声をあげて顔を伏せた。

「いやっ、くうう、ああ……」

ただそのときに恥じらうアナルの前にある女の裂け目に強い疼きを感じだ。

まだ男が触れたこともない場所にジーンと熱さが広がっていった。

(いっ、いやっ、なにこれ……)

その感覚がなんなのか愛香にはわからない。普通ではない身体の反応にただ戸惑っていた。

「さあ、二人とも、準備ができたぞ」

もう身体に触れることを許されている後援会理事たちは、愛香と奈月の手を引いて、土が剝き出しの場所に打たれた杭の前に連れていった。

「さあ、脚を開くんだ」

そして有無を言わさず、瑞々しい脚を左右に引き裂いていった。

「あっ、いやっ」

気が強い奈月も身体を捻って声をあげている。彼女の長くしなやかな両脚を開かせ、足首を杭に縛りつける。

愛香の脚も同様に杭に固定され、あれほど必死で隠していた股間が丸出しになった。

「腕はこっちね」

「あっ、ああ……」

両腕は頭の上まで持ちあげられ、手首を束ねられて吊りあげられた。

たわわな乳房を揺らしながら、奈月と愛香は立ったまま人の字に拘束された。

「ひひ、最高の眺めだな」

理事の男たちは横並びで女のすべてを晒した美少女ゴルファーの肉体を、前から後ろから覗き込んでいる。

丸く張りの強い乳房は言うに及ばず、ヒップやウエストのあたりもよく鍛えられた筋肉に少し脂肪が覆いかぶさり、美術品を思わせる美しさを見せつけていた。

「あ……ああ……見ないでください……ああ」

愛香はもう大きな声をあげることもなく、ただ切なげに息を漏らしながら、羞恥に顔を染めている。

胸の奥が強く締めつけられ、心臓が高鳴って息が少し苦しかった。

「いやっ、そんなとこ」

隣で奈月の声が聞こえて目を向けると、長い腕を上に伸ばされた彼女の脇のあたりに理事の一人が鼻を近づけていた。

そんな場所まで性欲の対象としているのか。彼らは異常性欲者なのだろうか。

「見られるだけで終わりじゃないですよ。さあ始めましょう」

進悟はそう言うとボトルを取り出して自分の手のひらに中身を出していく。

他の理事たちもそれにならって手にオイルのようなものを伸ばしはじめた。

「ご心配なく、ただのホットオイルですよ。肌を柔らかくして傷つかないようにするためです」

両腕を吊りあげられたまま、異様な液体に顔を引き攣らせる愛香と奈月に声をかけながら、進悟は両手を伸ばしてきた。

「あっ、いやっ」

彼の手が触れたのは愛香の腰のあたりだった。ねっとりとした感じのオイルが白い肌に伸ばされていく。

一瞬だけひんやりとした感触があったが、すぐに肌がカッと熱くなった。

「ああっ、いやっ、あっ、あああああ」

進悟の動きを合図に理事や源造もオイルに濡れた手を伸ばしてくる。

奈月と愛香それぞれに五人以上の男がまとわりつき、手が白く瑞々しい肌を撫でていった。

「ああ、くうう、はっ、あああ」

もちろんだが男たちの手はただ撫でているだけでなく、立ったまま大きく開いている太腿の内側やツンと上を向いた桃尻、そして乳房に刺激を与えてくる。

奈月も愛香もこもった声をあげながら腰をよじらせるが、男たちの手は吸いつくように肌を愛撫してきた。

「おっぱいの張りもすごいな、こんなに大きいのに驚くばかりだ」

二人の鍛えられた全身がオイルにヌラヌラと輝きだしたころ、行村の手が満を持したように愛香のGカップを揉みはじめた。

「あっ、いやっ、はうっ、そこは、あっ、あああ」

彼の言葉どおり、風船を思わせる強い膨らみを見せる、ふたつの巨乳に指が食い込んできた。

さらにはその先端にあるピンクの乳頭部まで指でこね回しはじめた。

「ほれほれ、すぐに硬くしおっていやらしい子だな、愛香ちゃんは」

「はああん、いやっ、ああっ、だめです、あっ、あああ」

オイルのぬめりを利用して行村は乳頭部を小刻みに指で弾いてくる。

中年男の手慣れた愛撫に愛香の若い肉体は見事に反応し、無意識に人の字形に拘束された身体がのけぞってしまっていた。

「ああっ、やっ、くう、いやっ、あっ、あああ」

隣では奈月がそのしなやかな身体をよじらせ、足の裏が土に擦れて音がしている。

彼女は懸命に快感に耐えようとしているようだが、形のいい美乳の先端を摘まれると耐えきれないように甘い声をあげていた。

「見た目だけじゃなくて、中身もいやらしい女だな」

そんな美少女たちを笑いながら、理事たちは一気に手を激しく動かしてきた。

「ほれ、こっちも」

男の太い指が愛香の濃いめの草むらを掻き分け、ピンクの秘裂の上部にあるクリトリスを捉えた。

「はっ、いやっ、そこは、あああっ、やめて、あああん、あああ」

ここ二週間の微振動責めでクリトリスはすっかり鋭敏になっている。さらに昨日の電マ攻撃で性感帯としていちだんと進化したように思える。

そこを理事の一人がオイルのぬめりを利用して、優しくこね回してきた。

「ああっ、ひあっ、そんなふうに、あっ、ああっ、あああん」

熟練さを感じさせる指の動きに、愛香はなす術もなく唇を割り開いて絶叫した。初心な身体は耐えることができず、全身がジーンと熱く燃えあがっていった。

「おおっ、パクパクしてるぞ」

吊られた身体の前から伸びてクリトリスを嬲る手に翻弄されている愛香の後ろ側、プリッとした巨尻の下から覗き込む理事が声をあげた。

拘束された両脚の後ろに膝をついた男は、人差し指を立てて目線の先にある、まだ固そうな女の入口に侵入させてきた。

「ひっ、そこは、ああっ、いやっ、いやいや、あっ、あああ」

オイルに濡れているからか、それとも愛液が溢れていたのか愛香の膣口はあっさりと男の指を受け入れた。

そのまま掻き回す動きをされると、クリトリスとは違う種類の快感が十七歳の肉体を駆け巡った。

「ああ、いやっ、あああああん、どうして、あっ、あああ」

思わずそう口にしてしまうくらいに、処女地であるはずの媚肉が反応している。

入口からわずか数センチのところを掻き回されているだけなのに、もう腰骨がジーンと痺れていた。

（私、ほんとうはエッチな子なの？）

さっき言われた、身体も中身もいやらしいという言葉。まだバージンの自分がそんなはずはないと思うが、この媚肉の反応はその考えを揺るがせてしまう。

同級生たちよりもバストやヒップが大きいのも、淫靡な素質の表れなのだろうかと、愛香は十代の純真な心を戸惑わせるのだった。

「中は、入れないで、あっ、あああ、あああ」

そんなとき、隣で奈月が長い腕まで動かして悶絶している声が聞こえてきた。

「おっ、ずいぶんと食い絞めてくるな。まだ処女なのかい？」

愛香たちに勝利した柴田が奈月の両脚の前に跪（ひざまず）いて指を股間に差し入れていた。

ほかの理事たちよりも少し若い感じのする柴田の指はどうやら奈月の膣内に挿入されているようだ。

「あああん、奈月さん、あああっ、あああっ、あああ」

真っ赤な顔で唇を割り開いて喘ぐ奈月を見つめながら、愛香もさらにクリトリスと膣口の同時責めの快感によがり泣いた。

いつも凜（りん）とした奈月が膣の快感に喘いでいる姿を見て、どこかほっとしている自分が情けなかった。

「ふふ、愛香ちゃんよ、お前はまだ男を知らないのか」

そんな愛香の乳房をずっと弄んでいる行村がそう囁いてきた。

「いやっ、あああっ、そんなの、あああっ、あああん、知らない、ああ」

もちろんだがゴルフ一筋の高校生活を送っている愛香は、男を意識したこともすらない。

そんないやらしいことをすぐに答えられるような人間ではなかった。

「ちゃんと言わんか。言わないと非処女ということにしてコイツを奥まで突っ込むぞ」

むずがるような愛香の返答が気に入らなかったのか、行村はどこからか白い色をしたオモチャを取り出してきた。

プラスティック製の男根の形をしたもので、それがバイブレーターと呼ばれる性的な器具であることくらいは愛香でも知っていた。

「ひっ、いやっ、ああっ、処女です、ああっ、経験なんかありません」

行村がそのバイブの根元にあるボタンを押すと、モーター音が響いて男根がくねりはじめた。

それを頬のところ突き出された愛香は必死の声をあげた。こんなものを自分の中に入れられると考えただけで全身が凍りついた。

「奈月ちゃんはどうなんだい」

「わ、私も、ああ、知りません、あぁっ、未経験です」

隣で奈月も同じ質問を受け、懸命に答えを返している。気が強い彼女でも異様な動きを見せるバイブは恐ろしいようだ。

「残念だな。ふふ、まあそれはあとのお楽しみというわけだ。くくく」

笑いを噛み殺しながら愛香のGカップを強く揉み、行村は言った。

レベル2のいまは肉棒を挿入されることはない。そのルールはたとえ理事長の行村でも守らなくてはならないようだが、もし次のレベルにいけば彼らによって処女を散らされてしまうのだろうか。

「いっ、いやあ、ああっ、絶対にいやっ、あああ」

そんな目にあうのだけはいやだと愛香は黒髪を振り乱して泣き叫んだ。

ただオイルに濡れ光る身体をくまなく這い回るいくつもの手が性感帯に触れると、勝手に淫らな喘ぎが漏れつづけていた。

「心配しなくてもセックスはしないさ。だがそれ以外はほとんどなにをしてもかまわんからな。ほれ、理事のみなさんにこう言いなさい」

大きな瞳を涙でいっぱいにした愛香に行村は同情する様子も見せず、嬉しげな顔で囁いてきた。

「そ、そんなこと、あああ、言えません」

そのあまりの内容に愛香は何度も首を振って拒絶した。行村の命令した言葉はあまりに淫らでとても口にできることではなかった。

「そうか、それがいやなら精一杯激しくしてもらうか。ふふ、お前はかなりいやらしそうだからそれでもいいかもな。オマ×コの指も三本にしてもらうか？」

濡れ光る身体まで暴れさせて拒否した美少女に行村は冷たく言い放った。同時に膣内にある後ろの理事の指が二本に増えた。

「ひっ、いやっ、言いますから、あぁっ、お願い、許してください」

膣口と共に媚肉が大きく拡張される感触に、愛香は目を見開き、慌てて行村にそう訴えた。

笑顔になった理事長が目配せをすると、みんなの手が愛香の身体から離れていった。

「ちゃんと前を向いて言いなさい」

「ああ……」

さらに追いつめられた愛香は諦めの気持ちになって汗と涙にまみれた顔をあげた。

「ああ……愛香はバージンですがとっても感じてしまうエッチな子です。どうかみなさん、愛香の恥ずかしいところを優しく責めてイカせてください。体力には自信がありますので、ああ……何回でも絶頂させて……お願いします」

母が聞いたら娘は頭がおかしくなってしまったと思うだろうセリフを愛香は途切れながら言いきった。

もうまともな人間には戻れないような気がして、心はズタズタだ。

「な、奈月も、ああ……優しくイカせて……ああ……」

奈月もまた他の理事に耳元で囁かれながら、愛香に続いて声を出した。

プライドの高い彼女にとって、とんでもなくつらいはずだ。

「さあ、始めよう、みなさん」

少女たちの淫らな口上が終わると、行村が号令をかけた。再びいくつもの手が愛香のオイルに光る白い肌にまとわりついた。

「あああっ、ひあっ、あああん、いやっ、あぁっ、あああ」

今度はさらに手が増えていて、脇や腰、太腿、そしてお尻まで揉まれている。

もちろんGカップのバストは歪むほど男の指が食い込み、同時にピンクの乳首もこね回された。

「あああっ、こんなの、あああん、だめえ、あああっ」

そしてクリトリスは行村の指で挟んでしごかれ、膣内は二本の指が入口の辺りを掻き回す。

そのすべてがなんとも絶妙な強さで、愛香の身体は一気に燃えあがった。

「ああっ、だめえ、ああっ、私、あああああん、おかしくなる、ああ」

全身を這い回る無数の男の手に翻弄されるがまま、愛香は両腕を吊された上体をのけぞらせてよがり泣いた。

もう快感は止まらず、頭は混乱してなにも考えられなかった。

「イクときは派手に叫べよ、ほれほれ」

行村も興奮した様子で愛香の女の突起を強くしごきあげた。

「あああっ、そんなの、あああん、いや、ああ、あああ」

むっちりとした巨尻を揺らしながら愛香はひたすら羞恥と快感に翻弄される。

なんとか耐え抜きたいという思いもあるが、男の熟練した指技の前に少女の肉体はあまりに無防備だった。

「あああっ、はあああん、イク、あああっ、愛香、イキます」

両腕を吊りあげたロープが軋む音を響かせ、肉感的なボディが痙攣する。

意識が飛びそうになるくらいの強い快感に目を泳がせながら、巨大な乳房を躍らせて愛香は絶叫した。

「あああっ、はあああん」

同時に乳首がギュッと握られ、クリトリスが引っ張られた。乱暴な行為だがすべてが快感に変わり、愛香の瑞々しい身体を翻弄した。

「あぁっ、奈月もイク、イク」

隣で奈月も限界を迎えてスリムな身体を引き攣らせている。

二人は互いを見ることもなく、ただ全身を痺れさせる快感に絶叫を繰り返していた。

『ああっ、ひっ、愛香、ああっ、イッちゃう』

室内練習場の人工芝のうえに据えられた大画面モニタを愛香と奈月はブラジャーとパンティの姿でイスに座って見せられていた。

二人の疲労を考慮して二週目の中日となる今日は理事たちによる性感開発は休みだ。ただ夜の時間になにも行われないわけではなく、昨日までの間に撮影された奈月と愛香がよがり泣く動画が上映されていた。

『ひっ、あああっ、そこは、あああん、奈月、もうだめ』

画面の中でベッドに縛りつけられた奈月と愛香が、理事たちの手や指で全身を愛撫されて絶頂を叫んでいる。

（ああ……あんなに大きな声で……）

全裸で両腕をバンザイするように拘束され、脚は理事たちによって開かれた自分が、仰向けでも大きさを失わない巨乳を揉まれ、ピンクの媚肉を弄ばれている。

何人もの男の手で搦め取られる異常な状況で、引き攣った喘ぎ声をあげて女の絶頂に達する姿を、目も閉じずに見つめなければならない。

「ふふ、二人ともこれで三回目ですか。顔もとんでもなくいやらしくなってますね」

今日はもちろんだが理事たちは来ておらず、立ちあっているのは教頭の進悟だけだ。

彼は顔を背けることすら禁止されて己の破廉恥な姿に恥じらう二人に、煽るように卑猥な言葉を投げかけていた。

「ああ……そんな……」

あまりの羞恥に愛香は大きな瞳を潤ませるが、進悟の言葉を否定はできなかった。

レベル２では性感開発が行われるという言葉のとおり、愛香の肉体はこのわずか十日ほどで異様なくらいに敏感になり、まさに女として開花しはじめていた。

それを証明するかのようにいま画角が変わって大画面にアップになった自分の顔は、

瞳を妖しく輝かせていて、恍惚に浸りきっているように思えた。

（こんなに……校長先生たちの思いどおりに……）

いま愛香と奈月は、ＡＶ女優やショーガールになるため、あらゆる性行為を悦びに変える訓練を受けているということになっている。

試合に一勝でもすればそこから開放されるのだが、別に訓練を受けながら感じなければならないという決まりがあるわけではない。

（ああ……なのに……）

理事たちになにをされてもぐっと堪えて声も出さなければそれでいいのだ。

だが現実には愛香は、前に見せられたプロのＡＶ女優や肉欲に堕ちたという先輩の千里と同様に、淫らな快感によがり狂っている。

いまだバージンの身体のまま。その事実が愛香の心をさらに追いつめるのだ。

「あっ、くう」

今日、愛香は白、奈月は薄いブルーのブラとパンティを着用しているのだが、以前のものとは違い、パンティはＴバックのうえ、前の股間部分がシースルーになっている。

ブラジャーのほうもカップが同じように透けた生地で、二人とも乳首や陰毛が完全に丸見えになっていた。

（これ……いや……）

しかもイスにプラスティックの突起がふたつ接着されていて、膣口や肉芽を微妙に刺激してくる。

振動しているわけではないが、少し腰を動かしたりすると、甘い快感が湧きあがってくるのだ。

「あ、いやっ、ああ……」

こんなものにまで感じてしまうようになった自分の身体。それが愛香は恐ろしくてたまらなかった。

『あああ……はあっ、しごかないで、あああん、あああっ』

画面を見ると自分の秘裂がアップになっている。摘まんでしごかれるクリトリスの下で膣口がなにかの生き物のようにパクパクと淫靡な開閉を繰り返していた。

それが自分の身体の一部だと思うと、あまりの恥ずかしさに胸が締めつけられた。

「愛香さんはクリトリスをしごかれるとすごく声が出ますね。気持ちいいのですか？」

もう耐えきれずに目線を足元の人工芝に下げようとしたとき、進悟がそう声をかけてきた。

そんな恥ずかしいことに答えられるわけがない。だがこの特別プログラムのルールに愛香たちは質問をされたら嘘偽りなく答えなければならないとあった。

「き……気持ちいい……です……」

消え入りそうな声で愛香は返事をした。画面の中では理事たちに大きく両脚を左右に開かれ、肉芽に加えて膣口も指責めされている自分が映っている。

甘くいやらしい悲鳴を響かせる淫らな女と化した自分。どんな嘘を言ってもごまかせるとは思えなかった。

「素直でいいですね。ただ理事さんたちに聞かれたときはもっと大きな声で返事をするように。次は奈月さんですね。オマ×コの入口を責められるのはどうですか？」

教師っぽい口調だが、卑猥な内容の質問を隣でスタイル抜群の身体を赤く染めている奈月に質問した。

大型モニターに再生されている動画も変わり、長い両脚をほとんど百八十度に引き裂かれて薄毛の股間を嬲られている奈月になっていた。

「気持ちよかったです……」

奈月もまた悔しそうに歯がみしながらも、進悟の質問に答えた。

（奈月さん……）

ブルーのシースルーブラに小ぶりな乳頭の姿を見せながらイスに座るモデル体型の奈月。彼女もまた愛香と同じようにイスの突起が気になるのか腰をよじらせている。いつも凛とした彼女もまた自分と同じように感じているのだという事実に、愛香の心は深く暗い闇に包まれていくのだ。

「いいですね。順調に女の快感に目覚めていっている。ふふ、このプログラムを最後まで完遂したら、いままでで最高の淫婦が誕生するかもしれません」

卑猥に透けたブラジャーとパンティ姿の美少女たちに、進悟は淫靡な笑みを向けた。

「そ、そんなこと……」

奈月と愛香は同時に声をあげ、二人で顔を見合わせた。以前に見せられた肉欲に堕ちた先輩の千里よりも淫らな女になるというのか。

そんなことはない。そう思うし、そう思いたかった。

「はは、そんな怖い顔をしないでください、あくまで私の予測ですよ。では今日はとはなにもありませんので休んでください。それとこれを」

進悟は冗談めかして笑ったあと、自分のバッグから用紙を取り出して二枚ずつ愛香と奈月に手渡してきた。

「今度の第二試合のルールとレベル3に進んだ場合の訓練内容です」

前回と同じく、コピー用紙に細かく印字されている。
○第二試合はマッチプレーで行われる。二人はペアとなり理事代表のペアと五ホールを戦って多くのホールを勝ったペアを勝者とする。
○ペアは一打ごとに交替し、同じ者が連続してショットすることはできない。
最初の二項はゴルフ勝負の形が書かれていた。マッチプレーとは一ホールごとに打数の少ないものがそのホールを取り、最終的により多くのホールを獲得した者が勝者となるプロの大会でも行われている方法だ。

五ホールでの勝負なので三ホールを取ったものが勝ちとなる。

そして次からは例の愛香たちの身体への責めが書かれていた。
○研修生はホール移動の間に両腕を頭の後ろで組み、身体を無防備にしてけっして走ることなく歩いて進むものとする。腕を下ろした場合はやり直しとする。
○途中で身体への刺激が行われる。これに関して時間は無制限、歩くことができなくなって進めなかった場合、三度絶頂に達すれば開放されて次のホールまで移動できる。

○責め手側は指と手のひらによる愛撫のみ可能。また研修生は処女のため膣奥に指を入れる行為も禁止とする。

「身体を……ああ……いやあ……」

文章を読みながら愛香は自分の身体に無数の手がまとわりつき、日々感じるようになっている乳房や乳首、そして数えきれないほど絶頂に追いあげられた、クリトリスを嬲られる姿を想像してしまう。

それで三度もイカされて果たしてまともにゴルフができるのか？　いまでも理事たちに責められて絶頂を迎えたあとは脚や腰がガクガクと震えて力が入らなかった。

「あの、直接手って、たしかそれはだめだと最初の分に書いてあったんじゃ」

隣の奈月があげた声に愛香ははっとなって自分を取り戻した。

確かに最初にこの特別プログラムにおける試合のルールに、ティショットから最後のパットまでの間に感じされる行為とともに、直接身体に触れるのは禁止だと書いてあったように思った。

「そうです、ただルールには理事たちが直接ホール間に身体を触ったりするのは禁止だと書いてあったはずです。今度の試合でホール間にあなたたちを感じさせるのは痴漢師のみなさんです」

そう言った進悟はリモコンを操作して動画を再生しはじめた。そこには薄暗いステージの上でセーラー服を来た若い女性が立っていた。

少女のような見た目の黒髪の女性の両側を、黒ずくめの服にサングラスの男が二人で挟んでいる。

『あっ、あああ、いやっ、あああん、ああっ、そこは、ああ』

男たちの手が伸びて少女のスカートの奥や上衣の中に潜り込んでいく。

少女はすぐに淫らな喘ぎをあげてステージに立つ身体をくねらせはじめた。

「理事の方の一人が経営するナイトクラブで行われている痴漢ショーです。女性はあなたたちの先輩ですね」

顔を引き攣らせる愛香と奈月に崩れた顔を向けたあと、進悟はボリュームをあげた。

『はっ、はあああん、いやっ、あああっ、おかしくなっちゃう、ああっ』

室内練習場に少女の淫らな声が響き渡る。それが苦しみの声でないのは、いまの愛香にはわかる。

ただ無言で手を動かす黒服の男たち、そしてひたすらによがり泣く少女。その異様な映像に言葉が出なかった。

「ホールは七番から十一番を使います。ホールの移動の道は森になっているでしょう。そこで彼らが待ち構えています」

もう愛香と奈月は言葉も出なかった。セーラー服の少女を思うさま喘がせる痴漢師たちに嬲られたあとでショットをしなければならないのだ。

「ルールは違(たが)えてませんよ。なにか問題はありますか？　奈月さん」

確かに違反ではないが、半分騙したような行為は大人が学生にすることではない。奈月も愛香と同じ考えのようで悔しそうにしているが、それ以上はなにも反論しなかった。

「では二枚目を読んでください。質問がありましたら、先ほどのようになんでも聞いてくださいね」

ニヤニヤと笑う教頭から視線を逸らして、透けた下着姿の少女たちはもう一枚の用紙を読みはじめた。

二枚目にはレベル３になった場合の生活について書かれていた。その内容のあまりの恐ろしさに愛香も、そして気が強い奈月も絶句して顔を引き攣らせた。

○研修生がレベル3に到達した場合も、授業やゴルフ練習、夜のトレーニングの時間配分は変わらないものとする。また服装指定の権利もレベル2より引き継ぐ。
○研修生の自室についてはトイレと浴室以外の壁と屋根をすべて取り払う。着替えなどをトイレで行うことは禁止とする。
○理事は二十四時間、この室内練習場に出入りし留まることを認める。研修生は理事から身を隠すことはしてはならない。
○レベル3では研修生に対し朝のランニングを義務づける。理事がコースを決定し、また着衣も指定するものとする。研修生はそれをいっさい拒否してはならない。
○夜のトレーニングでは手での性感開発に加えて男性器を使っての訓練を認める。理事は研修生の女性器に自由に男性器を挿入し、クリトリスや乳首に加えて膣による快感を指導する。
○研修生はバージンを失うことに異議を唱えないものとする。また唇や口内での男性器の愛撫の指導も同時進行で行われる。
○挿入行為の中で射精が行われる場合、研修生の体内に放出するのを許可する。研修生は学校が用意する避妊薬を常に服用する。また学校も避妊に関する責任を負う。

○レベル3では研修生の性感を刺激する目的の服装や装着具の使用を認め、これは授業やゴルフ練習時も適用可能とする。それらの指定は理事および校長とし、研修生に拒否権はない。

○研修生は自ら進んで快感を追求し、理事や教師の質問などにも正直に答え、身体の淫乱化を目指す。もし嘘偽りを言った場合失格とし強制的に次のレベルとなる。

○レベル3からは理事が許可し同行する場合に限り、後援会の一般会員の室内練習場やコースへの入場を認める。ただし見学のみとする。

その内容を読みながら、愛香は手がブルブルと震えてきた。これではまるで性のオモチャではないか。理事は愛香たちと好き勝手にセックスをして膣内で射精までできるのだ。

次の試合で負けた瞬間、愛香と奈月はその無垢な肉体を野卑な中年男たちによって汚し尽くされるのだ。

(ああ、身体の淫乱化なんて、いやあ)

そして処女を失う恐怖と同時に愛香はもうひとつの恐ろしさに怯えてきた。

それはこの研修が始まってからいままでの間に自分の性感が確実に強くなっていることだ。

もちろん愛香は耐えようとしているのだが、実際に理事や校長たちの思うさまに日に何度ものぼりつめている。

（このままじゃ私……いずれ千里さんのように……ああ……いやっ）

肉棒の悦びを教え込まれ、動画で見た先輩のように笑顔でフェラチオをする淫らな女に、いつか自分もなるのではないか。

それが恐ろしくて愛香は顔を蒼白くするのだった。

第四章　痴漢師による羞恥地獄

「おおっ、きたきた、愛香ちゃん。今日もおっぱいがはみ出てるぞ」

「奈月ちゃんは脚がほんとうにたまらんな」

　二度目の試合の日。二人の美少女が制服姿で七番ホールに現れると、すでに待ち構えていたゴルフウエアの理事たちが大歓声をあげた。

　愛香と奈月に試合用の衣装として与えられたのは、例のスカートが切り詰められた制服だった。

　他の生徒たちも着用しているチェック柄のスカートは膝上二十センチほどの丈しかなく、二人の水も弾く肌の太腿は八割方露出している。

　上はブラウスのみの着用だが、四つ目のボタンまで取り払われ、ノーブラの乳房の谷間は晒され、白い布にはうっすらと乳首の形まで浮かんでいた。

「おっ、愛香ちゃんは白か、ふふ、尻がでかいから紐が見えないな」

ティグラウンドへのぼる階段に脚をかけた愛香の後ろから、理事の一人がスカートの中を覗き込んできた。

「いっ、いやっ」

それに気がついて愛香は慌ててスカートを押さえて身体を捻った。

愛香も奈月もノーパンではない。ただパンティは三角の小さな布が股間にあてがわれているような紐パンで、お尻はTバックだ。

「はは、このくらいで恥ずかしがってちゃ勝てないぞ」

身体を捻ったため階段の上で横向きになった愛香のスカートを、行村が勢いよくまくりあげた。

「おおっ、愛香ちゃん、ハミ毛がすごいぞ」

今度はスカートの前側が大きくめくれあがり、下腹と白い三角のパンティが露になった。

パンティの布の幅が狭いせいか、愛香の太く黒い陰毛が左右から派手にはみ出していた。

「いやあああ」

裸を見られるよりも強い羞恥に襲われた愛香は、両膝を抱えるようにして階段にしゃがみ込んだ。

その様子を見て、女子高生離れした剛毛と理事たちは笑い、さらに羞恥心を煽ってきた。

「はい、ストップ。試合前に研修生に攻撃をするのは不正です。ペナルティです」

ふっくらとした頬を朱に染めてうずくまる愛香を囲む中年男たちを掻き分けて、教頭の進悟が現れた。

「なんで？　ちょっとスカートをめくっただけだろう」

ペナルティという言葉を聞いて愛香はまた自分に無理難題が降りかかるのかと思ったが、どうやら対象は行村のようだ。

行村は不満そうな顔で進悟に訴えている。

「コースに入ってから理事の方が衣服にも手を触れるのは禁止です。校長、なにか罰を決めてください」

理事会の会長である行村にも容赦なしにそう言って、進悟は校長の源造を見た。

「ふうむ、まあルールはルールだからな。では最初の七番ホール、理事ペアは一打罰だな」

源造はニヤニヤと笑いながら楽しげにそう言った。彼はこの淫靡なプレーをどこか楽しんでいる気がする。

「えー、勘弁してくださいよ、行村さん。ただでさえ愛香ちゃんたち強いのに」

理事の一人である宮野（みやの）という男が不満げに文句を言った。今日はこの宮野とこの前の柴田が理事側の代表だ。

「も、もうしわけない、ほんとうに」

行村は両手を顔の前で合わせて二人に詫びている。理事の代表が足を引っ張ったのでさすがにばつが悪そうだ。

「少し有利になったわ。落ち着いていこう、愛香さん」

奈月は優しくそう言って愛香の肩に手を置いた。

そんな彼女も少し顔を赤くしている。よく見たら奈月の向こうでは、長い脚がほとんど隠せていないミニスカートの後ろから理事たちがしゃがんで覗き込んでいる。

羨ましくなるくらいにプリプリとしたヒップに、愛香と同様に白のＴバックのパンティが食い込んだ姿を見られているのだ。

「うん、冷静に真ん中を狙っていくわ」

第一打はパワーに勝る愛香が打つ。お尻を覗かれる羞恥に懸命に耐えている様子の奈月のためにもいいゴルフをしなければと、ドライバーを手に取った。

「ではこの第七ホールはなにもありませんから、お好きなタイミングでどうぞ」

愛香がティグラウンドにあがると進悟がそう言った。この第二試合における二人の身体への攻撃はホール間のみとなり、最初のホールはなんの影響もなく打てる。

ただ次の八番ホールからはそうはいかないので、絶対にここは取らなければならないとも言えた。

「打ちます」

愛香はこの淫らなプログラムが始まってから、最高の集中力でドライバーを振った。

快感に目覚めて肉棒に人生を捧げる淫婦になどならない、必ず奈月と二人揃って部に復帰してプロゴルファーになるのだという思いを込めた。


「もうオッケー。このホールはギブアップだ」

恥ずかしい姿を見られることのみの耐えればいい最初の七番ホール。愛香と奈月は圧倒的な力を発揮して三打目をカップのすぐ横につけた。

同じく三打目をグリーン横に外していた宮野と柴田のペアはこのホールの負けを宣言した。

最後のパットを打つことなく、愛香たちの一ホールリードとなった。試合は合計で五ホールなのであと二ホール取れば二人の勝利は確定する。

「お疲れ様」

とりあえずはリードを奪ってハイタッチを交わした愛香と奈月だったが、少女たちに笑顔はない。

ここから八番ホールのティグラウンド手前まで森になっている。頭の後ろで両手を組み、無防備な状態で身体を自由にさせなければならないのだ。

(痴漢師って)

そんな人間がこの世に存在するのも驚きだが、進悟の話によると女性を指技で感じさせることになにより執着する者たちだそうだ。

敏感に成長しつづける身体を晒し、歩いて抜けなければならないのだ。

(でも絶対に負けられない。自分一人の責任じゃないんだ……)

今日はペアのマッチプレー、勝つも負けるも奈月と二人いっしょだ。快感に負けてまともにゴルフができないではすまされないのだ。

「さあ、いきますよ。両手を頭の上で組んでゆっくりと歩いて進んでください」

奈月と愛香のバッグは理事たちが担いでいる。二人は命じられるがままに両腕を頭の後ろにあげて舗装された小径を歩きだした。

大開きになったブラウスから白い谷間を露出しているGカップとDカップがプルプルと弾み、若鮎のように張りのある太腿が前後するたびにスカートが揺れる。

「ああ……」

自分の少し後ろを歩く奈月が切なげな息を吐いた。こんな露出的な格好で両腕をあげているのは不安な気持ちを強くする。

（私も……怖い……ああ、なのに……）

愛香はジーンと胸の奥が熱くなるのを感じていた。恐ろしくてたまらないはずなのに、なにかを期待するようなそんな感情が湧きあがるのだ。

（違う、つらい目にあうのを我慢するだけ……）

いまから痴漢の手で嬲られる姿を理事たちにかぶりつきで見られる。中にはビデオカメラを構えて記録しようとしている者もいる。

生き恥を晒す自分を見られたいという思いが体内にあるというのか。まだ心が未熟な年齢の愛香はそれがどうしてなのかわからず、ただ戸惑っていた。

「さあ、つきましたよ。けっして走ってはいけません。そして三度イッたら開放になりますから、イクときは我々にもはっきりと聞こえるように告げてください、でないとカウントされない場合がありますから」

進悟の言葉に奈月も愛香も息を飲んだ。痴漢の手で連続してイカされる、そんなことはないと信じたかった。

「返事はどうした」

源造が進悟の横で大声で怒鳴った。

「は、はい、わかりました」

体育会系のせいかすぐに返事をした愛香は、森に向かって歩を進める。森といっても人間の手が入っているので、それほどうっそうとしているわけではない。

アスファルトの小径の左右には愛香の胸の辺りまでの高さの低木の垣根があった。

先頭の愛香が入口に近づくと、その垣根からいっせいに男の手が伸びてきた。

「ひっ」

愛香も奈月も顔を引き攣らせて後ずさりした。

痴漢されると言われ、愛香がイメージしていたのはあのステージで両側から男に挟まれて身体を嬲られるシーンだった。

だがいま愛香の前に広がる光景は左右の垣根から、男の腕が何本も伸びていて、森の出口までそれが続いている。

彼らの身体は垣根の中に隠れているので、腕だけが見える様子が不気味さを強調していた。

「ふふ、女子高生の身体を思う存分触れると聞いて数十人集まってくれました。さあ、進みなさい、でないと反則負けになりますよ」

両手を頭の後ろで組んだまま脚を震わせる美少女二人に、進悟が無慈悲な言葉を告げてきた。

「いっ、いかなきゃ……負けだわ」

奈月も恐ろしさに切れ長の瞳を潤ませているように見えるが、意を決したように愛香の横をとおって無数の手の中にその身を投じた。

「あっ、あああっ、いやっ、はあああん、あああっ」

小径の左右から伸びた手が遠慮なしに奈月のスレンダーな肉体に襲いかかった。

制服のスカートが大きくめくれあがり、両脚の間に手が入ると奈月の艶のある声が森の中に響き渡った。

「ああ……私も……行かなくちゃ」

奈月が耐えているのに自分が逃げるわけにはいかない。愛香も覚悟を決めて一歩目を踏み出した。

「あああ、だめっ、あっ、ああっ、あああん」

一番手前にあった腕が愛香の開いた胸元に侵入してきて、ノーブラの巨乳を揉みしだくのを合図にいっせいにほかの手も動きだした。

「いやっ、ああっ、そんなとこ、ああっ、はあああ」

痴漢たちの指は的確に愛香の乳首やクリトリス、そして膣口を捉えてきた。

小さな布ながらもパンティを穿いているというのに、まるでなにもないかのように局所を責めてきた。

（これが痴漢の攻撃……ああっ、だめぇ）

愛香の無垢な肉体はあっという間に快感に燃えさかっていく。走ることは禁止されているが、早足で進むことすらできないくらい脚の力も抜けていった。

「あああああああああ」

唇を大きく割り開いて愛香はただ絶叫するのみだ。もうスカートは前後ともにめくれあがり、乳房も開いたブラウスから飛び出している。

本能的に両腕で身体を守ろうとしそうになるが、かろうじてそれだけは耐えている。

ただもう膝が折れてほとんど前に進めない。

「あああっ、いやあ、奈月、イッちゃいます、ああっ、イク」

数メートル先で奈月の絶頂を告げる叫びが聞こえてきた。愛香と同じように快感に顔を歪ませた彼女は背中を大きくのけぞらせている。

十本以上の手がそんな彼女の身体に絡みつき、女の弱点を責め嬲っていた。

「ああああっ、私も、あああああん、だめえ、あああ、イク、愛香もイキます」

腰を曲げた愛香はお尻を後ろに突き出すようにしながらエクスタシーを極めた。

背中が何度ものけぞり、ブラウスの胸のところから飛び出した巨乳がブルブルと波を打って弾んだ。

「はうっ、あああっ、ああっ」

両腕を下ろせない二人の美少女は、立ったまま白い身体を何度も引き攣らせる。

薄暗い深緑の森の中に甘く切ない悲鳴が響き渡った。

「あ……はうっ、はああん、ああ……えっ、いっ、いやっ、待って、ああ」

その場に立ち止まって全身を震わせていた愛香はフラフラと前に歩みだした。それに合わせるように痴漢たちの手が身体に絡みついてきた。

「ひっ、いや、脱がさないで」

なんと痴漢の手はスカートのホックを外し、紐パンティまで引っ張った。

驚いて前に進んで逃げようとする愛香だったが、走ることができないうえに痴漢の動きがスムーズで、あっという間にスカートは足元にパンティは膝まで下げられた。

まだ先ほどのエクスタシーの余韻が残っている秘裂に太い指が何本も這い回る。

「はっ、はあああん、いやああっ」

剝き出しになったツルツルの桃尻の間を痴漢の指が愛撫しはじめる。ブラウスのボタンも全開にされた愛香は乳首もこねられ、快感の悲鳴をあげた。

「もういやっ、あああああ、ああん、ああっ」

もう身体を起こしているのもつらく、愛香は前屈みになって腰をよじらせる。

少しでも男の矛先をかわそうとお尻を揺らすが、痴漢の指は的確に美少女の感じる場所を捉えつづけていた。

(いやあ、指が吸いついてくる)

痴漢の指は大きく動いているが乱暴さは感じない。クリトリスをソフトに擦ったかと思うと、乳首を強めに引っ張られたりする。

「ああっ、お願い、あああっ、あああん、だめえ、イッちゃう」

二週間の間、理事たちによってすっかり目責めさせられた愛香の肉体が、巧みな指技に耐えられるはずもない。

指で搔き回される膣口から粘っこい音を響かせながら、愛香はもう全身から湧きあがる快感に呑み込まれていく。

「イクうううううう」

一際大きな絶叫と共に、前屈みのグラマラスな身体がのけぞった。巨乳が大きくバウンドし鍛えられた肉感的な両脚が内股気味によじれた。

「あっ、あうっ、あああん、だめ、ああっ、あああ」

二度目の絶頂はさらに強くなっているように思えた。愛香は瞳を虚ろにしたままその場に崩れ落ちていく。

だがさらに増えた痴漢の手が両側から伸びてきて、愛香の脇や腰を掴んで支えた。

「えっ、なっ、なにを、ああっ、いやあああ」

倒れることすら許してくれない痴漢師たちの手は、愛香の身体を立ったままお尻を後ろに突き出した体勢で固定した。

むっちりとした九十センチのヒップが別の手によって割り開かれ、さらにピンクの裂け目の外側にある肉唇も左右に引っ張られた。

「おおっ、中身まで剝き出しだ、ひひひ」

後ろにはカメラやスマホを手にした理事たちがついてきている。彼らは鈍く光るレンズを愛香の桃尻の中央にいっせいに向けた。

「あっ、いっ、いやあああ、撮らないでぇ」

膣の中にまで冷たい風があたる感触がある。まさに女のすべてを剝き出しにされている羞恥に愛香はほぼ九十度に腰を曲げた身体をよじらせる。

「ひひ、愛香ちゃん、尻の穴まで丸見えだぞ」

「オマ×コの穴もすごいことになってるぞ。処女のくせにそんなに濡らして恥ずかしくないのかよ」

無言の痴漢たちに対し、理事は口々に卑猥な言葉を愛香に浴びせてくる。

実際に大きく開かれたふたつの尻たぶの間では、セピア色のアナルがヒクつき、女の部分はヌラヌラと輝く奥の媚肉まで見せつけていた。

「あああっ、いやああ、見ないで、ああっ、ああ」

もうはだけたブラウスを羽織っているだけの状態の身体をくねらせて、愛香はただ泣き声をあげるばかりだ。

本気で動けたら痴漢たちの手を振りきれるのかもしれないが、絶妙なタイミングで丸出しになった乳房を揉まれ、クリトリスを摘まれると、膝に力が入らなかった。

「ちゃんと記録してあとでみんなで鑑賞会だな。もちろん愛香ちゃんたち、いっしょに」

まさに羞恥地獄にいる心持ちの美少女に行村の容赦のない一言が聞こえてきた。

「ああっ、そんなあ、あああっ、ああ」

女として最も見られてたく場所をアップにした映像を見世物にされる。恥ずかしさとつらさで愛香はもう気が狂いそうだ。

(もう死にたい……ああ、なのにどうして……)

肉体のほうは気持ちとは逆に熱く燃えさかっていく。胸の奥が強く締めつけられ、それが下半身に伝わって膣の中までジーンと熱くなるのだ。

「ああっ、いやっ、あああああん、あああ、動かさないで、ああっ」

身体の感度も一気にあがっていく。こんなにも恥ずかしい目にあわされているというのに燃えあがる自分の肉体が愛香は信じられない。

(どうなっているの、私の身体)

ゴルフだけの青春を送り、恋人を作ろうと考えたこともない。そんな自分がこんな辱(はずかし)めにあいながら快感に溺れている。

愛香の心はただ混乱するばかりだ。

「はああん、だめ、イク、愛香、もうイッちゃう、あああああ」

そんなことを考えているうちに三度目の絶頂の波がやってきた。

もう痴漢の矛先をかわそうとか前に進もうとか、そんな気持ちすら持てず、乳首を押しつぶされ、濡れた膣口を掻き回す指に身を任せた。

「イクっ」

呼吸も途切れ途切れになった愛香は白い歯を食いしばって短い声をあげた。

腰を曲げていた肉感的な身体が大きくのけぞり、瞳が宙をさまよった。

「ああっ、あああ、はあああん」

薄暗い小径の上で何度かガクガクと全身を震わせあと、愛香はがっくりと頭を落とした。

同時に痴漢の手が身体がすっと離れていき、愛香はその場に崩れ落ちた。

(ああ……三回目……)

あれほど身体にまとわりついていたというのに、波が引いていくように消えた手。

それは愛香が三回目の絶頂に達したからだ。しかも愛香はまだ小径の半分も進んでいなかった。

「奈月さん……ああ……」

数メートル先で奈月も小径にへたり込んでいた。ブラウスの片方が肩からずり落ち呆然となる彼女の足元には、紐パンティが落ちていた。

小さく縮んだ白いパンティと視界の定まらない強気な少女。愛香はもう自分たちはこの薄暗い森のような地獄から抜け出せないのではないのかと恐怖した。

三度目の絶頂を迎えて開放はされたものの、脚にも腕にも力が入るはずがない。そこで愛香と奈月が取ったのは、飛距離を犠牲にしても正確性を重視して刻んでいく作戦だった。

「おっ、ナイスショット。濃いタワシが丸見えだったぞ」

八番ホールの二打目を愛香が打ったとき、スカートの前側が大きく開いた。ブラウスもスカートもシワだらけとなっているが、着直すことは許された。ただパンティだけは紐が伸びてしまっているという理由で取りあげられた。

「距離が出てないな。ここはチャンスだぞ、柴田さん」

八番ホールは第一打が交替になるので、ティショットは奈月と宮野だった。汚れた白いブラウスの開いた胸元から、Dカップの美しい乳房を弾ませてショットした奈月のボールはフェアウェイの真ん中を捉えたが距離が出ていない。続いて陰毛丸出しの屈辱に耐えた愛香のショットも場所はいいが、グリーンまでけっこうな距離を残していた。

「任せてください、今日は調子がいい。パット名人の宮野さんなら一発で入れられる距離までなんとか」

ギャラリーの理事たちにそう言いながら、柴田がロングアイアンを振った。

理事の中で一番の実力というのは嘘ではないようで、見事な軌道の第二打がグリーンを捉えた。

「おおっ、ナイスオン」

ボールはグリーンで直接バウンドし、カップがある奥に向かっていった。

(い、いやっ、入らないで)

これが入ったらもう勝負が決まってしまう。愛香が祈るような気持ちで見つめるなか、ボールはカップから一メートルほど手前で止まった。

「よしっ」

柴田がガッツポーズを見せた。宮野がパット名人だとしたらこの距離は決められる可能性が高い。

「さあ、奈月さんの番ですよ」

進悟に促されて奈月がショットした。いまの時点で愛香たちは一打負けているようなもののうえ、このショットもカップに近づけなくてはならない。

「あ……ああ……ごめんなさい」

奈月が打った第三打は力が入りすぎたのか、理事ペアのボールの横を通過し、カップも通り過ぎてしまって奥のバンカーに転がり落ちた。

続く愛香が直接入れたとしても、宮野がパットを決めたらこのホールは負けだ。

「大丈夫。まだ終わってないわ」

つらそうな顔で自分を見る美しい太腿を露出した同級生に、愛香は懸命に笑顔を作って言った。


「イーブンで第三、九番ホールです」

パット名人と言われた宮野はあっさりと二メートルを沈め、八番ホールでの勝利を確定させた。

七番ホールは愛香たちが取ったのでこれで同点。次の十番を取ることが重要になる。

「さあ、その前に、く、くくく、すごいな、ははは」

柴田が絶好調だというのも嘘ではないようだ。なんとかペースをつかまなければと考えながらグリーンを出た愛香は、源造の笑い声に顔をあげた。

「ひっ、え……」

愛香もそして奈月も顔を引き攣らせて後ろに下がった。

八番ホールから九番ホールの間にある森を横切る小径。先ほどよりも距離は短めで幅の狭い道にスーツ姿にネクタイの男たちがひしめき合っていた。

「満員の電車を再現してもらいました」

どうやらこれは進悟だけが知っていたようで、理事たちも驚きの声をあげている。

さっき垣根から手を伸ばしていた痴漢たちと同一人物なのかはわからないが、年齢層も幅広い男が数十人、肩や胸を押しつけ合うような感じでみっしりと小径を埋め尽くしているのだ。

「あ……いっ、いやっ」

自分たちがこれからここに突入しないといけないのは言われなくてもわかる。

愛香はあまりの恐ろしさに顔を青くして唇を震わせる。処女の身体が本能的に男たちがひしめく空間を拒絶していた。

「心配するな。三回イケば開放されるのは同じだ」

怯える美少女二人に源造が声をかけてきた。彼の後ろでは理事たちがいまかいまかと目を血走らせている。

いくら愛香たちが涙を流しても、彼らは同情することはないのだ。

「いえ、校長先生。もし二人が腕を組まずに下ろしたり、痴漢のみなさんの邪魔をしたりしたら二回イッていても最初からやり直しですよ」

三回イカされるのはさっきのホール間と同じだと言った源造に進悟が口を挟んだ。

「ん、ははは、確かにそうだな」

源造も同意してシワになったブラウスとスカートから乳房の谷間や瑞々しい太腿を露出して震えている愛香と奈月を見た。

確かにルールでは頭の上で組んだ腕を解いたら、最初からやり直しだとあった。

「そんな……ああ……」

強気な奈月ももう悲しげに目潤ませながら、力のない声を出すばかりだ。

さっきはなんとか堪(こら)えたが、腕を下げたら最後、延々とこの痴漢行為が繰り返されるのだ。

「そこで私、こんな物を用意しました。これで腕を拘束していたら頭の上で組んでいるのと同じということでどうでしょうか?」

進悟は持っていたバッグから黒革でできたブラジャーを取り出してみんなに見せた。

そのブラジャーは下着というよりは拘束具なのか、背中のホックの左右に同じく黒革の手枷がついている。

そしてさらには本来なら乳房を庇うカップの部分に丸い穴が空いていた。

「なるほど、いいですな。これなら頭にもっていっているのと同じだし、愛香ちゃんたちも腕を落ちる心配はないからやり直しもない」

行村が言って理事たちも同意した。彼らは二人のためというよりは、美少女の身体に拘束具を着けるのを楽しんでいるように見えた。

「どうしますか？　理事長の許可も出ましたが」

進悟はもう一着取り出して、愛香と奈月の前に出してきた。

「ああ……」

鈍く光る黒革の手枷と穴あきブラジャー。その異様な姿を愛香は直視できずに視線を逸らす。

(でもなしで入って手を降ろしたら)

ちらりと小径の入口を見ると、密集した男たちが半裸の美少女を見て指を動かす仕草を見せている。

垣根から伸びる手だけでも自失したのに、あの中で腕をあげつづける自信はなかった。

「わかりました。それをお願いします」

愛香は消え入りそうな声でにやつく進悟に言った。どちらにしても手で自分の身体を守ることが許されないのなら、固定されても同じだ。

ならば腕を下げてしまってやり直しとなるリスクはないほうがいい。

「よし、ではブラウスを脱いでください」

「そんな……」

「洋服のうえからブラジャーはおかしいでしょう」

小径にひしめく痴漢たちの視界にも入る場所で上半身裸になれと言われてためらう愛香に、進悟は冷たく言い放った。

（でも……さっきもさんざん見られて揉まれたんだし）

垣根から伸びる手で肉房を開いたブラウスから引き出され、露出した乳首をこね回されたのだ。

いまさら見られるくらい気にする必要はないと、愛香はブラウスを脱いだ。

「よし、ではワシが着けてやろう」

横から口を挟んで進悟の手から革のブラジャーを奪い取ったのは校長の源造だ。

源造は青ざめながらも抵抗をしない愛香の腕にブラジャーを通し、ホックを留めた。

「さあ、腕をあげるんだ」

「ああ……はい……」

もういまさらと愛香は素直に両腕を背中に回した。

手枷はカラビナのようなものでブラジャーの後ろに繋がっているだけなので、拘束されると手首の位置はかなり高くなった。

「ひひ、よく似合うぞ、愛香ちゃん」

黒革のカップに空いた穴から白い乳肉やピンクの乳頭を覗かせる美少女に、理事たちも興奮している様子だ。

肘が九十度に折れて肩甲骨の高さで両手首が固定されているので、自然と胸を張る形になり、愛香は巨乳を堂々と晒しているような立ち方になった。

「おっと、忘れていた。このブラジャーはちゃんとおっぱいを引っ張り出さんと意味がないんだったな」

チェックのミニスカートから健康的な太腿を露出し、ゴルフシューズだけの脚を内股気味にして恥じらっている美少女の乳房に源造は無遠慮に手を伸ばした。

「あっ、いやっ、なにを」

源造の手によって愛香のGカップは黒革のブラに空いた穴から引きずり出された。

乳房よりも穴が小さめなため、白い柔乳が絞られながら飛び出してきた。

「これは反則行為ではないぞ。ちゃんと正規の着用方法を指導しているだけだ」

さっき愛香のスカートをめくった理事にペナルティを与えた進悟に向かって、源造は言った。

「そうですね。まあこのくらいは」

進悟が許可をすると、源造はさらに愛香のもう片方の乳房も穴から出す。

「あっ、いやっ、ああ……」

プリプリと張りの強い乳房が黒革のブラジャーに絞られていびつに形を変えている。

その様子を理事たちは身を乗り出して見つめてくるのだ。

「ああ……見ないで……」

無駄だとわかっていても、愛香は身体を切なげにくねらせる。両腕を拘束されたことにより不安感もより強くなっている。

もうなにをされても抵抗もままならないのだと。

(あっ、いやっ、ああ……)

そんな思いに囚われると、また膣肉に疼きを覚えた。それが性の昂(たかぶ)りであることはもう自覚している。

ただ男たちの淫靡な視線に晒され、しかもこれから痴漢され放題の中に飛び込んでいくというのに熱くなる身体が信じられなかった。

「さあ、奈月さんはどうしますか？」

もうひとつの黒いブラジャーを奈月の前に出して進悟が問いかけた。

「私も着けます……」

奈月もまた手を下げてしまうリスクをさけたいのか、黒革のブラジャーを進悟から受け取った。

それぞれのサイズに合わせているのか、カップのサイズも穴の大きさも愛香のものよりは小さく見えた。

「おっぱいを出してやろうか？」

「自分でできます」

今度は奈月に近づいて、源造が両手で乳房を揉むような動きを見せた。

奈月はキッとスケベ顔の校長を睨みつけてブラウスを脱ぎ、自らブラジャーを装着していく。

「ああ……」

ただ彼女のまた恥ずかしいようで、顔をうつむき加減にしながら、自分の手でブラジャーからDカップの美しいバストを引き出した。

「はい。では、手首は私が……」

進悟が奈月の腕をブラの背中についている革枷に繋ぎとめ、二人の美少女は歪まされた乳房を晒して並び立った。

「ふふ、死にそうな顔をしているがここからが本番だぞ」

源造はそう言って次のホールへと続く小径のほうを見た。そう、革具を装着された美少女に淫靡な視線を向けているのは理事や源造だけではない。

痴漢師たちも狭い道でひしめき合いながら、生け贄を待ちわびていた。

「さあ、いきなさい」

進悟にそう告げられた愛香と奈月は、一度恨めしげに顔を向けたが、許してもらえないのはわかっている。

「はい……」

怯えた顔を伏せた二人はゆっくりと森の中に進んでいく。

「あっ、いやっ、引っ張らないで、あっ、ああ」

先に男たちに近づいたのは愛香だった。寸前でためらって脚を止めようとすると、一番手前にいた痴漢が乳房を摑んで引き寄せた。

「ちょっと、いやっ」

隣で奈月もまたスカートを引っ張られて、男が密集した空間に引きずり込まれた。

「あっ、いやっ、そこ、あっ、あああ」

両腕を拘束されている愛香たちの身体に、痴漢たちの手が絡みついてくる。

黒革のブラジャーの穴から飛び出した乳房が揉まれ、乳首が指で弾かれる。そして
スカートの中にも手が侵入してきた。

「あっ、あああっ、はあああん、だめ、あああ」

前後左右からスーツ姿の男の身体が密着し、汗の香りが鼻を突きあげる。

ほとんど自分の力で動くことができないくらいに身体が圧迫されているような状態
なのに、痴漢の指だけは的確に性感帯を捉えていた。

「ああっ、いやあああん、ああっ、あああ」

クリトリスを軽く弾かれると拘束されている上半身がのけぞり、愛香は甘い悲鳴を
漏らすばかりになった。

彼らの指は的確というか、絶妙な強さで十七歳の肉体を嬲ってきていた。

「愛香ちゃんだっけ、感じやすいんだな。電車で痴漢されるのに慣れてるのかい？」

密集する痴漢たちの中、押し出されるように進む愛香に誰かが話しかけてきた。

「ああっ、違う、あああああん、そんなの、ああっ、知らない、ああ」

電車通学は一度もしたことがないので、痴漢にあうのは初めてだ。

「初めてのわりにはすごく感じてるね。こういうのが好きなんだろ」

チェック柄のスカートがまくられ、ヒップを摑まれ揉みしだかれる。同時に左右の乳首がそれぞれ別の男の手によって摘まみあげられた。

「そんな、ああっ、違います。ああっ、あああああん」

こんな痴漢プレイで感じている自分は確かに異常だと、愛香自身も思う。

だが数週間もの間じっくりと性感開発を受けた十七歳の身体は、驚くほど敏感に、そして淫らに成長しつづけていた。

「そこばかり、ああっ、いやっ、ああっ、奈月、もうイク、イク」

少し離れた場所から奈月の声が聞こえてきた。イクときはちゃんと告げなければカウントされないので仕方がないのだが、奈月の絶頂の悲鳴にはそれ以上の感情がこもっているように聞こえた。

「ああっ、はあああん、イク、愛香もイッちゃいます、ああっ」

ただ愛香のほうもそんなことを深く考えている余裕などない。乳首とクリトリスの三点を同時に摘まんでしごかれ、強い快感に翻弄された。

「イクうううううう」

革製のブラジャーに拘束された腕を引き攣らせ、チェック柄のスカートの腰をよじらせて愛香はエクスタシーにのぼりつめた。

「ふふ、エッチな子たちだな。まだバージンなのにそんなのでいいのか」

また別の男が愛香の耳元で囁き、今度は膣口に指を入れてきた。

「ああっ、はあああん、そこは、あっ、あああぁ」

処女膜に影響を与えないように入口に近い場所だけだが、痴漢の指はけっこう激しく媚肉を掻き回す。

ひどい言われようをしているというのに、愛香はさらに身体を熱くした。心はつらくてたまらないのにそれがさらに性感を煽っている感覚だ。

「ああっ、どうして、ああん、あああ、あああ」

大きな瞳を虚ろにしたまま、愛香は男のたちの狭間(はざま)で頭を横に振った。

屈辱的な目にあわされたり蔑(さげす)みの言葉を浴びせられて自分が肉体をさらに燃やす理由など初心な愛香にわかるはずがなかった。

「いい声だな、こっちはどうだ」

何人くらいの痴漢がこの小径にいて、出口まであとどのくらいなのかも愛香にはわからない。

そんな美少女にまた別の痴漢がそう声をかけ、スカートがめくれあがり、剝き出しになっているゆで卵のように艶やかな桃尻の間に指を入れてきた。

「ひっ、そこは、ひあっ、違う、ああっ、ああ」

男の太い指を禁断の場所であるアナルに感じた愛香は、金切り声をあげて腰をよじらせた。

だがこの密集状態ではほとんどお尻を動かすことはできず、指が肛肉を強く押し込んできた。

「女はここでも気持ちよくなれるんだよ。愛香ちゃんはスケベだからきっと大丈夫」

痴漢は狼狽(うろた)える美少女にそう囁きながら、愛香のアナルに第一関節まで入れてピストンを始めた。

「ああっ、だめっ、お願い、抜いて」

性行為とは関係ない場所を責められて狼狽える愛香だったが、不思議と痛みは感じない。

それどころか肛肉が開かれるたびに、奇妙な快感まで覚えてしまうのだ。

(ああ……どうして私の身体は……あ……いやっ)

彼らの言うとおり、自分の身体はほかの女性に比べてエッチなのだろうか。そんな思いに囚われた愛香の膣口の指も増える。

さらには黒革のブラジャーからはみ出した乳房も揉まれ、クリトリスまで痴漢の熟達した技で愛撫され全身の性感帯を同時に責め抜かれた。

「ああああん、もうだめえ、あああ、愛香、イッちゃう」

ムチムチとした健康的な太腿が波打つほど身体を痙攣させ、男のたちの中で愛香は気が狂わんばかりの快感に泣き叫んだ。

第五章　磔刑での処女破瓜アクメ

　愛香も奈月も痴漢に埋め尽くされた小径を抜けることは叶わず、それぞれ三度絶頂にのぼりつめて開放された。

　黒革のブラジャーの豊満な乳房が絞り出されているのは変わらないが、両腕の拘束は外され、九番ホールに二人は立った。

　痴漢たちの指によって嬲られたアナルや膣口はジンジンと痺れ、さらに強くなった気がする絶頂の快感に下半身はずっと痺れている状態でのゴルフがうまくいくはずもなく、奈月も愛香もミスを連発した。

「ふふ、もうやっても意味はないかもしれないが、いちおう最後まで」

　それにたいして柴田と宮野のペアは絶好調。グリーンオンした時点ですでに二打差があるのに、パット名人の宮野は一回で沈めてきた。

「このホール、理事ペアの勝ちです。これでリーチですな」

愛香と奈月のペアは最後のパットをすることなく九番ホールを落とした。これで連続二回の敗北。

次の十番と十一番、どちらを落としてもこのマッチプレーの敗北が決まる。

「ああ……ごめんなさい、奈月さん」

黒革のブラジャーからいびつに飛び出した乳房をフルフルと揺らしながら、愛香は悲しげな瞳で同じようにシワだらけのスカートと卑猥な革具姿の奈月を見た。

「わ、私も……ごめんなさい」

このホール、お互いにほとんどゴルフになっていなかった。プレー中になにかをされているわけではないのに、身体が別人のように重くてスイングもままならないのだ。

(ああ……私の身体……どうなってしまったの……)

痴漢の手でよがらされクラブをまともに振れなくなった自分は、ほんとうはとんでもなく淫らな女なのではないのか。

そんな己（おのれ）への疑いがさらにショットを狂わせている。隣で強気さの欠片もなくなってうつむく奈月も同じ思いのような気がする。

ビデオで見たこの特別プログラムを勝ち抜いた卒業生だという笹崎由梨絵プロなら、

いくら感じさせられてもショットを乱したりしないのではないかと。

（助けて、お母さん）

正直、いまから謝って退学してこの場から逃げ出したい。だがそれは叶わぬことなのだ。

一度始めた以上、この特別プログラムは試合に勝つか、淫らな女になるための特訓をとことんまで受けるしかないのだ。

「さあ、進みなさい」

後悔と不安、ズタズタになった十代の少女たちに同情することもなく、進悟が後ろから声をかけてきた。

「はい……」

愛香と同じようにショートカットの髪を乱してうつむいている奈月が、とぼとぼと前に向かって歩きだした。

「ひっ、いやっ」

地面を見つめながら彼女の後ろを歩き森の手前のさしかかったとき、こもった声が聞こえてきて愛香も前を向いた。

「いっ、いやっ」

先ほどまでと同じように、次のホールへと続く森の中の狭い小径。そこに全裸の男たちがずらりと両側に並んで立っていた。

中にはなぜか脚立(きゃたつ)を置いて座っている者もいるのだが、愛香たちが悲鳴をあげたのは彼らが裸だというだけでなく、股間のモノを全員が勃起させていたからだ。

（な、なにあれ……あんなの……）

亀頭を剝き出しにした赤黒い勃起した男性器。それを目(ま)の当たりにした愛香は思わず後ずさりする。

もちろんセックスの際に男のモノが膨張することくらいは知っているが、実物を見るのは初めてで、恐ろしくてすくんでしまうのだ。

「ご心配なく、この試合にあなたたちが敗北するまではセックスは禁止ですからね。彼らは手で触ることしかしません。しかも校長先生の配慮により、痴漢師のみなさんが触れる場所も二人のおっぱいだけとします」

先ほどまでの二回、さんざん嬲り抜かれた秘裂には触れてこないというのか。一度も小径の最後まで歩けたことのない愛香と奈月だが、それならなんとかなりそうだ。

「どうして」

ただそれで不安が消えたわけではない。源造たちはあらゆる手段を使って愛香たちにまともにゴルフをさせないようにしようと策を講じてきたからだ。

「私たちを精神的に揺さぶろうとしているのよ、きっとあの磔台のときと同じ」

愛香の呟きが聞こえていたのか、隣で黒革のブラジャーにスカートで立つ奈月が、わざと源造たちにも聞こえるような声で言った。

「さすがに勘がいいな。そのとおりだ、次のホールを落としたらあれと同じモノがお前たちの中に入ってくるのだ。それを噛みしめながら歩け」

奈月の指摘にも源造はごまかしたりする様子は見せず、今度は精神力のテストだと言って笑った。

「卑劣だわ」

奈月が悔しそうに歯がみして言った。彼女は少し強気さを取り戻しているように見てとれた。

(私もちゃんとしないと……アソコを責められないだけでも大助かりなんだから)

敏感なクリトリスや媚肉を攻撃されないだけでも、愛香たちには有利なのだ。男のモノに心を乱している場合ではないと愛香も前を向いた。

(あ……いやっ、どうして……)

そのときまた媚肉に甘い痺れが走った。それは快感を得られないことを残念に思っているような、そんな感覚があった。

(ち、違うわ、触ってほしいなんて……)

前の二ホールの間で、狂おしいばかりに全身を駆け巡った淫らな痺れ。痴漢たちの姿が視界に入ると、自分の身体が無意識に彼らの指責めを望んでいるというのか。

懸命に否定する愛香だが、下半身全体がジーンと熱くなるのだ。

「い、いきます、もう」

じっとしているとさらに身体が熱くなりそうで、愛香は大きな瞳を森の入口に向けて言った。

「はい、では両腕を固定します」

ゴルフの最中は解放されていた両腕が、革ブラジャーの後ろに固定されている手枷に繋がれた。

腕を封じられる不安はあるが、愛香はとにかく早く淫らな小径を抜けたかった。

「いきますって、なにもされてないのにもうイクのか?」

両腕を背中に固定されて歩きだした愛香に理事たちが下品なヤジを浴びせてきた。

「ち、違います」

心を乱しては彼らの思うつぼだ。そう自身に言い聞かせながら愛香は森の中に入っていく。

同時に黒革のブラジャーに空いた穴からいびつに飛び出している乳房に両側から手が伸びてきた。

「あっ、あああん」

相変わらず絶妙な強さで乳房が揉まれ、乳首が指先で弾かれた。

甘い快感が背中まで突き抜けていき、愛香は思わずのけぞった。

「ひひ、いい声で啼くなあ、女子高生の喘ぎ顔はたまらん、おお、イク」

一瞬、立ち止まった愛香の隣で全裸の痴漢が顔を歪めた。彼はずっと片手で肉棒をしごいていて、腰を大きく前に突き出してきた。

「きゃあっ」

その肉棒の先端から白い粘液が勢いよく飛び出し、愛香の腰にあるスカートや太腿に浴びせられた。

ドロリとした液体が艶やかな肌にまとわりつき糸を引いていく。

「俺も、イク」

反対側にいた男もこもった声を出すと同時に愛香のお腹に向けて精液を浴びせた。

「ひっ、いやああ、なんてこと、やっ」

生臭い香りが立ちのぼり、愛香は嫌悪感に身体をよじらせながら前に駆け出そうとする。

もちろん精液を見るのは初めてで、それが自分の肌を滴っていく嫌悪感に泣きだしそうだ。

「おっと、走ったらだめだろ」

前にいる痴漢が愛香のくびりだされたGカップを強く握って動きを封じた。

確かにそのとおりで、彼が止めなければ、愛香は反則を犯したことになり、もう一度入口から入り直しだ。

「ううっ、俺も出すぞ、くうう、イク」

ただその男も愛香のよく筋肉が発達した太腿の辺りに向かって熱い精を放った。

「い、いやっ、もうかけないで、ひどい」

両側から伸びた手に乳房は揉まれ、乳首はこねられているのだが、快感を忘れてしまうくらいに、痴漢の男の精を浴びせられるのはつらかった。

「いやっ、やめて、あっ」

後ろから奈月の声が聞こえた。彼女もお腹や下半身に何発もの精液を浴びせられている。

少しずつ前に進んでいく美少女のどちらかに、痴漢たちは狙いを定めて射精しているようだ。

（ああ……臭い……いやっ……）

両側に立つ男たちから何度も精液を浴びせられた身体から、饐(す)えたような香りが鼻を突く。

自分の身体からそんな生々しい臭いがたちこめているのは、十七歳の乙女にとって耐えがたいものだ。

「俺の精子で白く染めてやるぜ」

痴漢たちは愛香の妨(さまた)げるような動きは見せず。チェックの制服のスカートと黒革のブラジャー姿の身体に精液を浴びせるだけだ。

彼らの様子を見るにつけ、女の身体を触ることよりも精子をかけるという行為に興奮しているように見えた。

「いやっ」

ただそんなものはいまの愛香たちに関係ない。目の前に突き出された男の醜悪な肉棒から飛び出す臭い粘液に耐えながら進むのみだ。

「い、イクぞ、愛香ちゃん、こっちっ」

懸命に耐えながら前だけを向いて、もう精子まみれのスカートから伸びた脚を動かして歩く愛香のすぐ横で声がした。

こっちと言われて反射的に顔を向けると、そこには脚立のうえに座った男がいた。

「ああっ、出る」

男もほかの痴漢たちと同じように肉棒を手でしごいて射精した。ただ違うのは肉棒が愛香の顔の高さにあったことだ。

「きゃあああ、いやあ、汚い」

空中に飛び出した精液はなんと愛香の顔に浴びせられた。いちだんときつい臭いに愛香は思わず叫んでしまった。

「汚いとはひどいな。赤ちゃんを作るための大事なものだぜ。君もいつかここに精子を受けて妊娠するんだよ」

あまりの汚辱によろめいた愛香のスカートをめくりあげた別の男が、股間の近くに亀頭を近づけて射精した。

「いっ、いやあああ」

膣内で出されない限りは妊娠しないということくらいは愛香も知っている。だがそこに近い陰毛に生温かい精子をかけられると、恐怖に身体が震えた。

（い、いやっ、入ってこないで、精子……）

身体が本能的に拒絶し頭もそれから逃げ出そうとする。だが痴漢たちは容赦なく精液を美少女に発射してきた。

「いや、ああっ、くう、いやっ」

黒革のブラジャーから飛び出した乳房を揉まれながら、もう全身のいたる場所に白い液体を滴らせた愛香は、泣き声をあげながら歩きつづけるのみだった。

「ふふ、さすがに気持ち悪そうですね。どうです、全部脱いでプレーしますか？　それならこの濡れタオルを使ってもいいですよ」

なんとか小径を通り抜けた愛香と奈月だったが、顔や乳房はおろか、スカートまで精液にまみれていた。

臭いもかなりきつく、すぐにシャワーを浴びて流したかった。

「お願いします」

全裸でプレーすることにはなるが、不快の極みである大量の精液を拭い取りたい。

進悟の提案を受け入れた愛香と奈月は、黒革のブラジャーを取り、スカートを足元に落とした。

（どうせ全部見られているんだし……）

乳房やお尻どころか、媚肉の中まで理事たちに見られているのだ。肌になにもない状態でプレーするのは不安だが、精液まみれのままよりはましに思えた。

「ただしあとの二ホールはずっと全裸ですよ」

奈月も身体を拭くことを選んで美少女二人はシューズを履いているだけの素っ裸になった。

「うわあ、臭いな、ははは」

脱いだ制服のスカートを対戦相手の一人である宮野が手で摘まんで笑っている。なんだか自分が汚物と言われているような気がして、愛香はつらかった。

「さあ、愛香さんからですよ」

濡れたタオルで精にまみれた乳房や陰毛を丁寧に拭うと、進悟が愛香に声をかけてきた。

このホールはさっきのホールで敗れたペアからで、第一打の順番は愛香だ。

「はい」

さっきまでの二ホールのように絶頂の余韻に身体が痺れているようなことはない。しっかりと素振りをして自分のスイングを確認したあと、愛香はティを刺した。

ずっとショットの正確性を重視して刻んできたが、身体も動くし、この十番ホールはフェアウェイが広めに作られているのでドライバーを選択した。

（木にだけは気をつけないと）

ちょうどドライバーで届きそうな辺りのフェアウェイ左側に、大きな木が二本立ちはだかっている。

直接ぶつかる距離ではないが、その手前で止まったりして第二打の妨げになることだけはさけなければならなかった。

「ひひ、愛香ちゃん、このホールで負けたらコイツを入れちゃうぞ」

理事の一人の声がして愛香が顔をあげると、ゴルフウエアのズボンを開いて、肉棒を剥き出しにしている者がいた。

しかも完全に勃起していて、どす黒い亀頭部が天を突いて反り返っていた。

「きゃっ」

森の中でさんざん見せつけられたが、あらためて陽の明かりの下で見た男根に愛香は小さな悲鳴をあげた。

あの先端から発射された精液が身体にまとわりつく感触が蘇（よみがえ）ってくる。

「元気ですねえ、もう勃起してるとは。でもしまいましょう、ルール違反ではないですが、ゴルフのマナーの問題です」

進悟が笑いながら言うと肉棒を出していた理事が、これは失敬といってズボンのファスナーをあげた。

(マナー違反なら私たちも……)

バストや陰毛まで丸出しにしてクラブを握る愛香もゴルフを冒瀆(ぼうとく)しているのではないか。そんな思いに愛香は囚われた。

「愛香さん、揺さぶりよ。深呼吸して」

明らかな狼狽が見てとれたのか、奈月が後ろから声をかけてきた。そうだ、このホールは精神攻撃を彼らは仕かけてきているのだ、のせられてはいけない。

「ありがとう、奈月さん。打ちます」

とにかく集中する。腕の間でGカップの乳房がフルフルと揺れるのも意識から外し、愛香は力一杯のドライバーショットを放った。

「おお、ナイスショット」

進悟が思わず声に出してしまうくらい、愛香のパワフルなショットは空気を切り裂き、二本の木の右側を悠々と転がってフェアウェイ真ん中に止まった。

「これはやばいですね」

続いて柴田がドライバーを打った。今日の彼は前回とはまさに別人で、愛香のショットのすぐ後ろにつけた。

「さあ、第二打です、おもしろくなってきましたね」

進悟がそう言い、愛香と奈月、そして男たちがぞろぞろと歩きだす。

愛香も奈月も丸出しのヒップや乳房を晒しながら恥ずかしげに歩く後ろで、数人の理事たちがなにか大きな荷物を抱えて歩いてきた。

「二人ともちょっと待っててくれ、準備をするから」

理事長である行村もせっせと荷物を運んでいる。彼らは二組の第一打のボールが止まっている少し手前、二本並んだ木の下でなにかを始めた。

「お前たちが負けたときに初セックスをする舞台作りだよ」

すらりとしたボディの前でDカップの美しい乳房を晒して立つ奈月の後ろにいた源造が呟いた。

「ぶ、舞台?」

愛香も驚いて木のほうを見ると、理事たち数人がかりで脚立を置いて木の枝にロープをかけている。

枝にとめられたのは二本、幹に回されたのが一本。合計三本の縄が木の根元に向かって垂れ下がっている。そしてそれは隣の木にも同じように施された。

「これを置いたら完成だ」

みんなで担いで持ってきていた荷物の梱包が剝がされていく。中から出てきたのは座イスが二脚だった。

それを理事たちは木の下に背もたれあてがうかたちで置いた。

「はは、どう使うのかわからないのも仕方がいないな。じゃあ、試しにどなたか乗ってみましょう」

木から垂れ下がる三本のロープ、木の前の置かれた座イス。どう使うのかなどわからないが自分たちのバージンを奪うためのものであることにかわりはない。

不気味さに次のショットのことも忘れて立ち尽くす愛香と奈月をちらりと見たあと、行村が他の理事たちに冗談めかして言った。

「じゃあ、行村さんがやりましょうよ」

理事の一人が行村に向かって言うと、理事たちはいっせいに笑い。二人が両側から行村の腕を抱えた。

「えっ、なにを言ってるんだ」

「いやいや、ここは会長にお任せですよ」

理事たちは行村を座イスの上に座らせると、両腕を木の幹を這うように垂れ下がるロープに手首を束ねて吊りあげた。

「おい、ワシはもう身体が硬いんだ、うわっ」

さらに理事たちは行村の両足首に左右の枝から垂れ下がる二本を結んで吊った。

「はは、すごい格好ですよ、理事長」

身体が硬いと言ったのでそれほど高くはないが、ゴルフウエア姿の行村は脚を大股開きにして座イスに座り、両手首を頭のうえに吊られて固定された。

「おい、もういいだろ、外してくれ」

とんでもない格好になった理事長にみんなが笑っているが、愛香と奈月はそんな気持ちになどなれるはずがない。

もしこのホールを落としたら、自分たちは同じ格好をさせられるのだ。しかも行村はウエアを着ているが、自分たちは隠す布すらなく、処女の媚肉を晒すことになる。

「こ、ここで……ああ……」

奈月も完全に気の強さを失って拘束された中年男を見ている。

青空が広がったゴルフコースで望まぬ初セックスをしなければならない。愛香と奈月は蒼白い顔で二本の木にしつらえられた地獄の舞台を見つめるのだった。

「ごめんなさい、愛香さん」

第二打は奈月が打つ番だ。動揺させるためにわざわざ処女喪失の場所を作った目的だとわかっている。

だが大股開きにされた行村の姿が頭に焼きついているうえに、最初のホールから痴漢たちに性感に目覚めたボディを責められつづけた疲労もあり、身体も限界に近い。

奈月の二打目はグリーンのいいところを狙える距離ではあったが、少し横に逸れてグリーンを外してしまった。

「大丈夫よ、なんとかなる」

うなだれる奈月を励まして、愛香は自分のバックにあるピッチングウェッジを見た。

Gカップの巨乳も十代にしてはかなり濃いめの陰毛も丸出しで晒されている状態だが、そんなことなど忘れてしまうくらい集中していた。

「これはプレッシャーだな」

そう奈月は謝っているが充分に四打あがり、パーは狙える。逆に柴田と宮野のペアはこれを大きく外したりしたらボギーもありえる。

二打目を打つのは絶好調の柴田ではなく宮野のほうだ。宮野は緊張した様子で第二打を放った。

「うわっ、強いか？」

打った瞬間にギャラリーの理事が声をあげたくらい、ちょっとボールに勢いがつきすぎている。

だがグリーン手前にある土手に落下したボールは大きく真上にバウンドしてからグリーンに落ちた。

「おおっ、いいぞ」

この土手でのワンバウンドでボールの勢いがいい感じに殺された。ボールはグリーンのラインに乗って転がっていく。

「だ、だめっ」

マナー違反だとわかっていても愛香はつい声に出してしまった。ボールはコロコロと勢いなく転がり止まると思ったが、そのままカップに吸い込まれた。

「よっしゃあ」

柴田宮野ペアは第二打を直接チップインしてイーグル。愛香たちは第三打を打つことなく負けが確定した。

「そんな……うそ……」

木の下で大股開きにされて処女を喪失することが確定した二人は、呆然としたままフェアウェイに両膝をついた。

「あっ、あああっ、いやっ、くうっ、あああ」

最終十一番ホールをプレーすることなく敗北した二人の美少女は、十番ホールのど真ん中にある二本の木に、予告どおりに裸の身体を繋がれていた。

奈月は長いモデルのようなしなやかな脚を、愛香は鍛えられた筋肉の上に脂肪がのったムチムチとした二本の脚を、それぞれVの字形になるまで高く吊られている。

「ひっ、いやああん、あああっ、あああ」

両腕も木の幹に沿うように真っ直ぐに固定され、座イスに背中を預けた愛香と奈月の身体を痴漢たちが五人ずつ群がって指責めしていた。

「ひっ、いやっ、そこは、あああっ、あああ」

痴漢の指は愛香のGカップを揉みしだき、乳首を優しくこね回す。そして下半身はときおり、太腿の内側をくすぐったりしながら、クリトリスを弾いたり膣口を掻き回したりと自在に責めていた。

「はうっ、ああっ、そんなふうにしないで、ああっ、ああ」

小径と同様に女体の責め方を熟知している痴漢の指は、愛香の性感を思うさま煽りたてる。

腕も脚も木に吊られた愛香は身体をよじらせることもできずに、唇を大きく割り開き淫らな声を搾り取られていた。

「ひひ、たっぷりとほぐしておいたほうが初体験は痛くなくていいぞ」

理事たちは痴漢の責めによがり声とも泣き声ともつかない喘ぎを見せる十七歳を、外側を囲んで見つめている。

その言葉に痴漢が反応し、愛香の膣口を痴漢が指で掻き混ぜる。するとヌチャヌチャと淫らな音があがった。

「はは、それだけ濡れていたら、女になる準備はもう完了だな」

「そんな、ああっ、いやっ、いやああ、あああああん」

ついに肉棒を挿入される恐怖に愛香は大きな瞳から涙を流す。ただ身体はまったく逆の反応を見せていて、淫らな快感に肌はピンクに上気し、うっすらと腹筋が浮かんだ腹部は小刻みに震えるのだ。

「ひっ、いやっ、そこは、いやああ、変態」

隣では奈月が引き攣った声をあげている。かなり狼狽えたような声で、愛香もそちらに目を向けると、頭よりも高く足首を吊られている下半身を震わせる奈月のアナルに、痴漢の指が入り込んでいた。

「ひっ、ひあっ、いやっ」

それに合わせるように愛香のアナルにも指が侵入してきた。肛肉が大きく拡張した指はグリグリと回転しながら腸内に入ってきた。

「ああっ、あはあああん、いやいやや、あああ、許してぇ」

ゴルフを続けるために戦ってきているはずの自分。なのにいま膣と肛門の両穴を、しかも痴漢師に嬲られて喘いでいる。

どうしてこうなってしまったのか、抜け出す方法はないのか、ふとそんな考えがよぎるが、Vの字に吊られた脚は痺れきり、摘ままれる乳首も甘く痺れ落ちていく。

（ああ、見られてる……ああ……こんな恥ずかしい姿を）

群がる痴漢たちの向こうではにやつく理事たちが、大開きで指を呑み込んだ愛香の股間をかぶりつきで見ていた。

まだ好きな人にさえ裸を見せたことがなかった自分が、青空の下でよがり泣く姿を大勢の前に晒している。愛香はもう自分はどうしようもない淫らな人間に堕ちたように思った。

「あっ、あああ、はあああん、あああっ」

心が悲しみに満たされると、さらに肉体が熱くなっていく。これがマゾの昂りだというのはまだわからない愛香だが、性感が強くなっているのは自覚していた。

「ひうっ、あああっ、イク、イク、イッちゃう」

もう完全に暴走する身体と心は一気に頂点に向かっていく。男たちを楽しませるだけだとわかっていても止められない。

「ああっ、だめっ、あああっ、え……」

いままさにエクスタシーを極めようとした瞬間、痴漢たちの指や手がいっせいに引きあげられた。

「あ……ああ……」

隣の奈月からも同じように痴漢たちが離れていった。

愛香は呆然と目を泳がせたまま、半開きの唇から湿った息を漏らした。

「いまイッてしまってはもったいない。これからが本番なのですから」

進悟が並んで脚を吊られている二人の間に来て言った。

「さあ、理事のみなさんにこう言いなさい。奈月さんが言ってから愛香さんが続けて」

進悟は奈月と愛香それぞれの耳に囁く。

「そ、そんな……」

その内容の卑猥さに愛香は目を見開いた。これから処女を奪われるというのに、こんなみじめなセリフを言わなければならないのかと思うような言葉だった。

「あなたたちは負けたのです。そしてこれから行われるセックスは無理やりではなく約束されたことでしょう、それをちゃんと宣言するだけです」

唯一自由になる頭をなよなよと振る愛香に進悟が冷たく言い放った。

「あ、愛香さん……仕方がないわ。どちらにしても犯されるんだもの……私たちは負けてしまったのよ」

吊られた両腕の間にある赤らんだ顔をこちらに向けて、奈月は震える声で言った。彼女も望まぬ処女喪失はつらいはずだ。だがもう自分たちは逃げられないのだと、彼女の涙ぐんだ瞳が告げていた。

「ごめんなさい、そうね、もう覚悟を決めるしかないのね」

彼女の気持ちを感じ取った愛香は返事をした。

プロアスリートを目指す者はスポーツマンであると同時に勝負師だ。勝負に負けた以上はすべてを受け入れなければならない、そんな感情が働いていた。

「さあ、奈月さんから」

そう言って進悟が去っていくと、奈月が切なげな顔をギャラリーに向けた。

Vの字に伸びた長い脚の間にあるDカップの美乳と整った顔に視線を集中した。

「お集まりのみなさん、私たちはマッチプレーに負けレベル3に進むことが決定いたしました」

それでも屈辱感は強いのだろう、奈月は唇を震わせながら言葉を振り絞っている感じだ。

一方で男たちはこれでもかと伸ばされた長い脚の美少女をにやけ顔で見ている。

「今日から私たちはセックスの訓練を受けます。処女膜は……ああ……もう邪魔になるだけです……どうかこの場で開通してください」

最後は涙声で奈月は言いきったあと、隣にいる愛香を見た。この続きは愛香の番だ。

「私たちの身体が一日も早く男の人を楽しませるようになるため、り、理事のみなさん、たくさん指導してくださいね……ああ……」

口上を口にしながら愛香は視界を涙に曇らせた。自分の肉体がただ性欲のはけ口になっていく、十七歳の少女にとって死にたいくらいのつらさだが、まだ残っている。

「あ、愛香と奈月のオ、オマ×コを、奥の奥までたっぷりと開発して、いやらしい穴にしてください……ああ……」

もう最後は声をかすれさせながら言いきった愛香は、引きあげられた両腕の中で顔を横に伏せた。

いよいよ自分は人間でなくなるのか、そんな恐怖を感じていた。

「よしよし、お望みどおり、処女膜を抜いてやろう」

源造の声がして閉じていた瞳を開くと、目の前に醜く肥えた中年男の裸があった。

青空の下で素っ裸になっている校長は肉棒を勃起させ、自らの手でそれをしごきながら愛香に近寄ってきた。

「いっ、いや、来ないでください」

赤黒く照りのある亀頭部を愛香に見せつけるように近寄ってくる源造を見て、本能的にそう叫んでしまった。

こんな醜悪なモノが自分の中に入ってくるのかと思うと、もう生きた心地がしなかった。

「なにを言ってる。さっきたっぷり開発してくれと自分の口で言ったばかりだろう」

源造は愛香の涙声に聞く耳ももたず、Ｖの字に開かれた肉感的な白い脚を両腕で摑んできた。

「ひひ、いくぞ、奈月ちゃん」

「あっ、だめっ、あっ、あああ」

隣から奈月の悲鳴に似た声が聞こえてきた。あちらでは理事長の行村が奈月の長い両脚を抱えるようにして腰を突き出していた。

「ふふ、仲間は一足先に女になったぞ、お前も覚悟を決めろ」

源造は怯えきった少女に語りかけながら、肉棒を前に押し出してきた。

「あっ、いやっ、くっ、ああっ」

指とは比べものにならないくらいに太いモノが膣口を拡張してきた。両腕を吊られてほとんど動かせない上半身を引き攣らせながら愛香はこもった声をあげた。

「いやだとか言ってるわりには、中はヌルヌルじゃないか」

源造はすぐ奥には挿入はせず、亀頭を愛香の入口の辺りで小刻みに動かしている。それは愛香の処女地に自分の怒張を馴染ませているように思えた。

「あっ、いやっ、はうっ、ああっ、あああ」

中年男の怒張を受け入れる汚辱感にのたうつ愛香だったが、身体は逆の反応を示しはじめていた。

この二週間の間、理事たちの指や器具で開発され、そして痴漢たちの指でたっぷりと感じさせられた愛香の女肉は淫らな快感をまき散らしていた。

(ああ、硬い……ああ……熱い……)

膣肉で感じる男根に愛香は戸惑いつつも、悦びをもって迎えていた。

もちろん頭では好きでもない男のモノに反応するのはおかしいと思っている。だが
膣口から湧きあがる快感がその考えも押し流していくのだ。

「あ、あああ、だめえ、ああん、ああっ、はあああん」

声色(こわいろ)もあっという間に甘い響きに変わっていく。そして驚くのはまだ処女膜の向こ
うにあるはずの膣奥の肉がズキズキと疼いていることだった。

(ああ……欲しがっている……私の身体が……)

男のモノで膣の奥を突いてほしい。その思いが心を支配していく。なんと淫らな女
なのだろうか。

ただもう牝の本能は完全に暴走し、心でどうにかできるものではなかった。

「さあいくぞ、愛香。いよいよ処女にお別れの瞬間だ」

源造もまた興奮しているのか息を弾ませながら、愛香のGカップの乳房を片手で強
く握ってきた。

「あっ」

男の力で乳房を押しつぶされる圧迫感に喘いだのと同時に、怒張が一気に奥に向かって突き立てられた。

「ひうっ、くううう、あっ、ああああ」

一瞬強い痛みがあったのは処女膜が引き裂かれたのだろうか。そのあとすぐに膣の奥に硬く太いモノが入ってきた。

「やっ、あっ、あああっ、こんな、あっ、あああ」

源造の怒張は膣内を埋め尽くしている。そしてゆっくりと前後運動を始めてくる。

愛香の肉感的な白い脚と木の枝を繋いだロープがギシギシと音を立て、源造の腰が股間にぶつかった。

「どうな女になった感想は。おお、絞めてきてるぞ、嬉しいのかワシのチ×ポを入れてもらえて」

「ああっ、そんな、あああん、あああっ」

なよなよと首を振る愛香だったが、源造の亀頭が膣奥にぶつかるたびに、甘い快感が胸の奥に向かって湧きあがる。

身体はどんどん自分の意思を離れていき、硬い亀頭のエラが媚肉を擦るたびに、Vの字に開いた下半身全部が痺れていた。

「いい声を出しおって、ほれ、気持ちいいのか、ほれ、素直に言え」

唇を半開きにした十七歳の声がどんどん淫らになっていくのを見て、源造が言い、理事たちが乗り出して見つめてきた。

ただそんなことを素直に答えられるはずもなく、愛香はなよなよと首を振った。

「どうしたんですか、愛香さん。どんな質問にも正直に答えるルールのはずですよ」

「ああっ、いやっ、あっ、あああぁ」

教頭が横から視線も定まらない愛香に囁いてきた。確かにそういうルールではあるが、あまりにつらい要求だ。

（ああ……そんな恥ずかしい……でも……仕方がない、負けちゃたんだもの）

恥じらいの中で愛香は奇妙な感覚に囚われていた。もちろんそれがルールだったら守らねばならないが、嘘をつくこともできる。

（ああ……私は恥ずかしい女……）

どこか自分の淫らな本性を晒したいという被虐的な感情がある。そしてその思いがさらに性感を昂らせるのだ。

愛香は暴走する牝の昂りに逆らいきれずに蕩けた瞳を源造に向けた。

「ああぁっ、ああん、き、気持ちいいです、ああっ、ああっ、いい、はああん」

禁断の告白をした瞬間、快感がさらに燃えあがり、愛香は両腕を吊られた上半身をのけぞらせて一際大きく喘いだ。

もちろんだが肉棒に突かれつづける媚肉はたまらないくらいに痺れていった。

「ふふ、ほんとうはいやらしいことが好きなんだろう？　愛香は」

そんな美少女を源造はあざ笑いながら腰のグラインドを早くしてきた。

「ああっ、わからない、あああん、自分がどうしてこんなに感じているのか、ああ」

もうごまかしたりためらったりする気力もなく、愛香は源造の質問に素直に答えた。

初心(うぶ)な愛香でも初体験は女にとって痛いものだということぐらいは耳にしていた。なのにさっきの痴漢の指責めと同じ、いや、それ以上に中年男の肉棒に喘いでいる自分が信じられなかった。

「それはお前たちの身体をそういうふうに仕込んだからだ」

「えっ？」

源造はいったんピストンを止めると、愛香の瞳を見つめて言った。快感が少し収まり愛香は驚いて汗に濡れた顔を校長に向けた。

「ふふ、レベル2で指や道具だけでイカされまくったお前の身体は本能的にチ×ポを求めるようになっているのだ」

源造は驚愕する美少女に、知らず知らずのうちにお前たちの膣は焦らされていたのだと付け加えた。

「処女でありながらチ×ポを求めるようになったマ×コに満を持して入れる。どうだ？　すごく気持ちよくてたまらんだろう。普通は処女でこんなに感じたりしないぞ」

「ひあっ、ああぁあっ、はあああぁあん」

源造は笑顔で、再びピストンを開始し愛香はGカップを弾ませてのけぞった。

「もうお前たちのマ×コはチ×ポの悦びを忘れられん。いつなんどき誰に入れられてもイキまくる淫乱マ×コになったのだよ」

「ああん、はああぁあん、そんなあ、ああぁあん、ああ、ああ」

心では拒否しても全身を覆い尽くす快感に逆らえない愛香の頭に、ビデオの中で自ら肉棒を求めていた女先輩の顔が浮かぶ。

自分もまたあのように肉棒をうっとりとした瞳で見つめるようになるのだろうか。

「あああっ、いやあああ、ああっ、お母さん、あああん、ああっ」

自分のゴルフを応援しつづけてくれた母に申し訳なくて、愛香は泣き叫ぶ。だが大きく開いた唇からは喘ぎ声があがりつづけていた。

「ふふ、可愛いのう。だが、もうさっきまでのお前じゃない、チ×ポの味を知り、大勢の男の前で感じまくる女なんだ。さあいくぞ」

母の名を呼ぶ美少女に同情する様子も見せない源造は、Vの字に吊られた愛香の両脚をしっかりと抱え込んで腰を激しく振りたててきた。

そのあとから覗き込む理事たちも、初体験でよがり泣く美少女に興奮している。

「ああっ、いやあ、そんなの、あああん、ああっ、もうだめ、あああん」

恐ろしいくらいに硬く熱い逸物が、自分の中を掻き回し、息も止まりそうな快感が駆け巡っていく。

初めての膣奥でのエクスタシー。まさに愛香はこれから自分が女になるのだと悟っていた。

「おおっ、イクのですね。さあちゃんと正直にみなさんに向かって言うのです。いまからおチ×チンでオマ×コを突かれてイキます、初体験でイキますと」

もう頭まで痺れきっている感覚の愛香の耳に、教頭の言葉が響いてきた。

彼らは愛香の身も心もとことんまで追いつめる気持ちのようだ。

「はあん、ああっ、な、奈月、イキます、ああっ、初セックスで、はあん、おチ×チンに、あああ、オマ×コ突かれてイキます」

進悟の言葉が自分に向けられていると思っていた愛香は、隣から聞こえてきた同級生の声にはっとなって目を見開いた。

隣の木で両脚を上に向かって伸ばした下半身を朱に染めて、奈月が絶叫していた。

「よし、いいぞ、イケ、奈月ちゃん。イクと同時に出してやる」

行村が興奮気味に叫んで腰を強く振りたてている。両腕を伸ばした奈月の身体の前で形の美しい乳房が大きなバウンドを見せていた。

「ああっ、赤ちゃん、デキちゃう、ああ、あああぁ」

「大丈夫です、あとから飲んでも効く避妊薬があります。心ゆくまで中出しされなさい」

膣内で射精されると聞いておののく奈月に進悟が声をかけた。

「あああっ、ああっ、あああん、イッちゃう、あぁっ、あああ、奈月、おチ×チンでイキます、はあああん」

最後の不安が消え去り、奈月はなにもかもをかなぐり捨てたようにのけぞった。

「イ、イックううううう」

彼女が白い歯を食いしばると同時にしなやかな身体がビクビクと痙攣した。

いつもしっかりと前を見つめていた切れ長の瞳も虚ろに宙をさまよっていた。

「ふふ、次はお前だ。ちゃんと理事のみなさんにどこでイクのか伝えながらイクんだ」

気の強い美少女の崩壊を見届けたあと、源造も凄まじい勢いで肉棒を突きあげた。

「ああああっ、ひああん、あああっ、イキます、あああ、愛香も、おチ×チンでオマ×コの奥を突かれてイキますううう、ああっ」

もう愛香は素直に源造の命令に従い、卑猥な言葉を口にした。

淫らで恥ずかしい自分を知ってほしい。そんな心理まで働いていた。

「愛香、イッちゃうううう、あああああ」

何度もプレーしたゴルフコースに艶のある声を響かせ、愛香はGカップの巨乳が躍るくらいに木を背にした身体をのけぞらせて頂点に達した。

「おおお、俺もイクぞ、くうう、出るぞ」

愛香の際奥に向けて怒張を抉り込ませ、源造も腰を震わせた。同時に粘っこい液体が自分の中に入ってくる感覚を覚えた。

(ああ……来てる……精子が……)

先ほど痴漢たちに顔や身体に浴びせられた生臭い白濁液。それがいま子宮に向けて注ぎ込まれているのだ。

十七歳の少女にとってあまりの仕打ちのはずなのに、愛香はなぜかつらい気持ちにはなれなかった。

「ああっ、ああっ、私、ああっ、イッてます、ああっ、ああ」

それは膣奥のエクスタシーが断続的に湧きあがり、全身を言いようのない幸福感が包み込んでいるからだった。

愛香はただ大きな瞳を蕩けさせ、みじめな開脚姿を歓喜に震わせるのみだった。

第六章　衆人環視の浣腸ショー

「ほれ、頑張れ、スピードをあげないと誰かに見られるかもしれんぞ」

レベル3では朝のランニングがメニューに加えられていた。夜が明けたばかりの学園内を愛香と奈月は白ビキニにシューズという破廉恥な姿で走っていた。

「ああっ、いやっ、ああ、はあはあ」

しかもビキニはブラもパンティも、小さな三角の布が細い紐で繋がっただけの頼りないものだ。

大きく脚を動かして走ると、ヒップの布が割れ目に食い込み、ブラのほうは大きくバウンドする柔乳がこぼれそうになっていた。

「ほら、そこを右だ」

理事たち数人がこんな朝早くからやってきて、自転車でビキニ姿の美少女を追い回している。

「ああ、こっちはいやっ、ああ」

ときおり、ブラの布からピンクの乳首がこぼれ落ちるのにも耐えながら愛香たちがペースをあげて走っている理由は、ゴルフ部の寮や一般生徒が普通に使う通路などに近い場所がコースとなっているからだ。

まだ時間が早いので登校している生徒もいないだろうし、寮の生徒は寝ているだろうが、誰かがいる可能性はゼロではない。

(ああ……こんなの誰かに見られたら……もう生きていけない)

Gカップの巨乳が大きく波を打ちながら、白い三角布の下で躍る。パンティもどんどん汗に濡れて貼りつき、薄い布には女の割れ目まで浮かんでいた。

こんな格好で走っている姿を同じクラスの者たちに見られたりしたらと考えるだけで、愛香はもう生きた心地がしなかった。

「はあはあ、ああっ、くうう、いやっ、はあ」

それをさけるにはとにかくこの露出ランニングを早く終わらせるしかない。だから愛香もそして奈月も限界までペースをあげて走っていた。

「ほら、頑張れ、トラックみたいな車が来たら終わりだぞ」

理事たちはそんな二人を学院の敷地の端に近い場所に追い立てる。コンクリートの高い塀はあるが向こうは一般道が走っている。

以前、その塀のそばに大型トラックが止まって学院内を覗いていた事件があった。

「ああっ、いやあ、ああっ、はあ」

もう息が苦しくてたまらず、愛香は唇を大きく割り開き、肩も大きく揺らして走っている。

躍る乳房はもうふたつとも三角布から乳首がはみ出し、股間のほうからは濃いめの陰毛がはみ出していた。

「ああっ、いや、そんなの、ああっ」

奈月も乳房を躍らせ、顔を真っ赤にして走っている。長い脚で地面を蹴るたびに形のいい巨乳がよじれているのが悩ましい。

(ああ……車の音がしている……)

塀の向こうはけっこう大きな道路なので、郊外の朝でも車通りはある。タイヤが地面を走る音が聞こえるたびに愛香はドキリとして顔を引き攣らせた。

「あ、ああっ、はあ、はあああ、ああ」

恐怖に膝が震えるなか、愛香は膣奥に強い疼きを感じて腰をくねらせてしまった。

赤の他人にこんな卑猥な水着姿を見られてしまうかもしれないというのに、愛香の女肉は熱く昂りじっとりと濡れていくのだ。

「こら愛香、そんなへっぴり腰じゃ前に進めんぞ」

三角のブラからピンクの乳首をこぼしながらふらつく美少女に、自転車の上の理事が容赦のない言葉を浴びせた。

「ああっ、はい……ああ……」

彼は愛香の腰が曲がっているのはへばっているせいだと思ってくれたようだ。

ただその思いにほっとしている自分がいやだった。

(どうなっていくの？　私の身体)

どんどん淫らになる己の肉体は最後はどうなってしまうのか。十七歳のゴルファーは涙に濡れる目で前を見つめながら、朝の校内を走りつづけた。

「はあ、はあ、あああ」

塀の近くや人目につきやすい場所をようやく通過し、二人は室内練習場の前にたどり着いた。

呼吸が苦しく全身は汗まみれで、愛香も奈月もなんとか立っているような状態だ。

（早くシャワーを浴びたい）

目の前に室内練習場のドアがある。そこに入って中にある浴室に飛び込みたかった。全身を珠の汗が流れていて朝の光に白肌がキラキラと輝くほどなのだが、愛香がお湯で流し去りたいのはそれではなかった。

（いや……まだ熱い……ああ……）

誰かにこんな恥ずかしい姿を見られるかもしれない。そのスリルの中で感じた女の昂り、それは時間を追うごとに強くなり、いまも続いている。

パンティの中に隠れている女の肉がドロドロに濡れている自覚もあり、早くなんとかしたかった。

「一息ついたな。さあ中に入るよ」

自転車を停めた理事の一人がそう言うと、いきなり愛香の両腕を後ろにひねりあげた。

「きゃっ、な、なにをするのです」

理事は愛香の両手首を後ろで束ねるとロープで固定していく。驚いている合間に胸にもロープのあまりが巻かれた。

「うっ、いっ、いやっ」

三角ビキニの上からおかまいなしに胸縄がしめられ、愛香は苦しさにこもった声をあげた。

「くう、どうして、あっ、くう」

同じように奈月も上半身をきつく緊縛されている。胸の縄の絞りあげでビキニがずれ、三角の布からDカップのバストがほとんど飛び出していた。

「お前たちの自慢のおっぱいがよく目立つようにという配慮だよ」

理解できないことを言いながら、理事たちは愛香と奈月の背中を押して、室内練習場に入っていった。

「おおっ、来たぞ」

ドアが開かれ、愛香が変態的なビキニの身体を押し込まれるように入るのと同時に、中から男たちの歓声が聞こえた。

「きゃ、きゃあああ」

人工芝が敷かれ、ゴルフの練習施設やプレハブの屋根や壁が取り払われてベッドや家具が剝き出しになっている二人の自室が並ぶ練習場に二十人近い男性がいた。

その視線がいっせいに自分の肉体に集中し、愛香は驚いてその場にうずくまった。

「お前たちをずっとバックアップしてくださっている後援会のみなさんだ。さあ、挨拶をしないと」

後援会は高額の寄付をして会の運営に関わっている理事と、一般会員のふたつに分かれている。

一般といっても普通に考えればかなりの額を納めていて、たまに練習の見学などにゴルフ部を訪れることもあった。

愛香もはっきりとした数字は知らないが、数十人はいると聞いた記憶があった。

「ああ、どうしてこんなに」

急に大勢の前で裸同然の姿で押し出されて、奈月も背中を丸くして後ろ手縛りの身体を守るようなポーズを取っている。

ただ彼女も以前のような気の強さを見せることは少なくなっていた。

「前に説明をしたはずですよ。レベル３からは理事の方だけでなく、一般会員のみなさんもここに出入り可能になると」

人垣を作っている会員たちの後ろから教頭の進悟が現れて、縛られた身体を恥ずかしげに屈(かが)める愛香たちに言った。

彼の言葉どおり二試合目の前に説明された項目の中にもそれが書いてあった。

「だからサービスしないとな、二人とも」

理事たちが愛香と奈月を引き立てるようにして、天井から吊り下がっている黒い鎖の前に連れていった。

「あっ、いやっ」

大型倉庫のような造りのこの練習場の屋根の下には鉄骨の梁(はり)がある。そこに先日から鎖が何本も取り付けられ、空間の雰囲気が一変していた。

「北川(きたがわ)さん、脚も開かせてくれよ。よく見えるように」

愛香の後ろにいる理事は北川というらしい。会員たちに笑顔を向けた北川は、愛香を後ろ手に緊縛しているロープに鎖を固定したあと革ベルトを取り出した。

「いっ、いやっ、開かないで、ああっ」

隣では奈月も同じように上体を吊られ、膝に革ベルトを巻かれて別の鎖にそれを繋がれる。

「おおっ、すごい光景だな」

美少女二人の左膝が鎖によって腰の高さまで持ちあがる。布の小さな紐ビキニのパンティが食い込む股間が大開きとなった。

一般会員たちも理事と同じようにいい歳をした男たちだが、少年のように瞳を輝かせ、しゃがんで美少女の股間を見あげている。

「愛香ちゃんのほうはいままでで一番大きなおっぱいじゃないか？」

「こっちの奈月ちゃんもでかいね。それ以上に脚が長いな、外人レベルだよ」

会員たちはヨダレを垂らさんがばかりに美少女たちの見事な肉体に見惚れている。

その視線が痛くて愛香は顔を横に伏せるのだった。

「ふふ、ではこの二人の汗が染み込んだ水着をどなたかにプレゼントしましょうか」

羞恥に震える愛香の後ろで北川が言うと、会員たちはいっせいに俺にという声と手をあげる。まるで小学生の集まりだ。

「えっ、そんな、いやっ、あっ」

北川の言葉どおり、へとへとになるまで走ったあとの白ビキニは汗に濡れて変色しているくらいだ。

それを男に渡すと言われて愛香は懸命に首を振るが、首の後ろにあるブラジャーの結び目が解かれた。

「いきますよ、それっ」

乳房の上下を引き絞っている胸縄の隙間から紐ビキニがするりと抜かれ、集まる男たちの中に投げ入れられた。

「おおっ、美少女は汗もいい香りだな」

愛香のブラジャーをキャッチした男が白い生地を自分の顔を押しつけている。

「そんな、嗅がないで」

自分の着ていたものに鼻を擦りつけられ、愛香は涙ぐみ奈月は顔を背けている。だが屈辱の時間は始まったばかりだ。

「さあ、次はパンティだ」

縄に絞り出された巨乳とピンクの乳頭部。それを視姦しながら男たちは沸き立った。

「もちろんです。ふふ」

北川の手が最後の一枚を愛香の身体に繋ぎとめている腰紐を解いた。

左右の紐がはらりとほどけ、漆黒の陰毛が晒された。

「聞いていたとおり、いい生えっぷりだな」

片脚を吊りあげられているため股間は隠しようもなく丸出しになる。まだ淫唇も固い感じのするピンクの裂け目の周りにまで生えている太めの黒毛に視線が集中した。

「おおっ、なんとこれは汗とは違うのでは」

奈月もまた長い脚の中心をこれでもかと覗き込まれ全身を朱に染めるなか、愛香のパンティを手にしている北川が股布の部分を開いて掲げた。

汗に濡れているビキニパンティだが、股間があたる部分にねっとりとした感じのする液体が大量にまとわりついていた。

「いっ、いやっ、やめてください」

ヌラヌラと輝く粘液がなにであるか、愛香自身もわかっている。女が感じるときに分泌する淫液だが、今日はいまのいままで性感帯への刺激は受けていない。

「愛香ちゃんは、恥ずかしい格好で走らされて興奮していたのかい？」

北川が後ろから片脚立ちの愛香の、剝き卵のように艶やかなヒップを撫でながら囁いてきた。

「よく見たら、マ×コのほうも濡れぬれじゃないか」

「すごいな愛香ちゃんは十七歳で露出狂の変態か？」

もう男たちは身を乗り出したり、中には四つん這いになって愛香の股間や濡れたパンティを見つめながら盛りあがっている。

「そんな、ああっ、違います」

露出狂の変態という言葉に反応し、愛香は髪が乱れるほど首を何度も横に振った。

この間までバージンだった少女にとってあまりにつらい烙印だ。

「おっ、こっちも濡れてるぞ、君も興奮していたのかね」

奈月の側のパンティを脱がせた理事が興奮気味に叫んだ。はっとなって愛香も顔をあげると白の股布に泡だった粘液が付着していた。

「ち、違います、興奮なんて……いやあ」

奈月もまた上半身を吊りあげている鎖が軋むほど頭を振って否定した。

「嘘つくな、マ×コも光ってるじゃないか」

ツルツルの左膝を高く吊られてこれでもかと晒されている奈月の薄桃色の媚肉にも、粘液が大量にまとわりついている。

彼女もまた愛香と同じように、大勢の男たちの前で自分の欲情を認められなかったのだろうか。

「二人とも、もし嘘をついた場合のルールは覚えているのか」

恥じらう少女にざわつきだした男たちを掻き分けるようにして、校長の源造が出てきた。

彼も教頭と同じように会員たちの後ろで様子を見ていたようだ。

「こ、校長先生……それは」

愛香が処女を散らした日から五日経ち、毎夜のように理事たちに犯されてきたが、ただ源造に会うのはあれ以来で、愛香は彼の顔を見ていられなくなって下を向いた。

「そうです。みなさんの質問に誠実に答えなかった場合は失格となり、試合は不戦敗となり自動的に次のレベルに進むことになります」

進悟はうつむく愛香の顎を持って自分のほうを向かせて説明した。

そう、この特別プログラムの説明の中には必ず校長や理事たちの質問には正直に返答するように書かれてあった。忘れていたわけではないが、あまりの恥ずかしさにとっさに愛香も奈月も嘘をついたのだ。

「お前たちのこれが愛液がどうかは薬品で検査すればわかる。さあ正直に答えなさい、いまならまだレベル4に進むだけですむぞ」

「そうです。もう一度質問します。あなたたちはここの室内練習場に入るまでに興奮してオマ×コを濡らしていたのですか？」

源造と進悟は畳みかけるように、後ろ手の上半身を鎖で吊られ、膝も持ちあげられた少女二人に言った。

「二度目の質問だ。二重に嘘をついたとなればレベルがふたつ進む。もうお前たちに残されているのは二試合だ。自動的にAV女優だな」

「そっ、そんな勝手な」

すでに二回敗北し、あと二試合しか愛香たちには残されていない。一度の嘘で一試合が戦わずして負け、しかも上乗せのかたちで二度目の嘘でふたつ目も負けとされるのだ。

手前勝手なルールに愛香は校長を強く睨んで訴えた。

「だから二度目の嘘はつけないのだよ。ではこうしようか、もし薬品でパンティやお前たちのオマ×コを検査して愛液が検出されなかったら、レベルをひとつ戻してやる、セックスをかけての試合からやり直しだ」

源造は二人が欲情していたということによほど自信があるのか、大胆な提案をしてきた。

「おおっ、すごいですね、校長先生。まあ、真実はひとつですからね。では愛香さんからほんとうのことを話してください。真実ならレベル2からやり直せますよ」

「そ、それは……」

これでもう完全に愛香は追いつめられた。そして自分の身体に対する真実を知っているのは愛香本人のみだ。

検査しなければ暴かれることはないが、露出的な格好で校内を走り誰かに見つかるかも知れないという恐怖の中で愛香は確かに興奮していた。

（嘘をついても……ああ……薬品で調べられたら……私、アダルトビデオに）

動画で見せられた千里のように男の肉棒に突かれまくる姿を公開することになる。

ただ、いま真実だと認めたらもう一度はゴルフ部に戻るチャンスが残されるのだ。

「ああ……私……」

もう嘘をつき通すのは無理だと諦めの心境になり、愛香は切ない顔を源造に向けた。

「ごめんなさい……私……水着で走りながら興奮してました……」

消え入りそうな声で愛香は源造にそう告白し、がっくりと頭を落とした。

こんな事実を自ら認めるのは死ぬほどつらいが、ここですべてを終わらせるわけにはいかないのだ。

「ふふ、嘘をつくとは悪い子ですね。でも二度目は正直に答えたのですからレベル4に進むだけです。まだ次の、最後の試合に勝てばいいのですよ」

ついに露出の性感を認めた愛香に進悟がニヤリと笑って言った。

「俺たちとしては別に最後まで意地張って、ショーガールか女優になってくれてもよかったけどなあ」

愛香の背後に回り込んだ北川が残念そうに言いながら腕を伸ばし、後ろから縄にくびれた巨乳を揉んできた。

「あっ、ああ……いやっ」

ボリュームがありながらも張りの強い巨乳が男の手のひらの中でいびつに歪む。

それを見て手は出せないルールの一般会員たちがいっせいに唾を飲み込む音を立てた。

「あっ、いやっ、見ないで、あっ、あああぁ」

男たちの欲望がこもった視線に背中がゾクゾクと震える。片脚吊りの身体を揺らしながら愛香は艶のある声をあげた。

乳房や乳首をいたぶられる快感に加えて、恥ずかしい姿を見つめられる昂り。二種類の快感に十七歳の美少女は翻弄されていた。

「さあ、愛香さんは素直に答えました。次は奈月さん、どうですか?」

赤らんだ顔を天井に向けて啼く愛香から視線を変え、しなやかな身体を吊られているもう一人の美少女に進悟が問いかけた。

「ああ、私も、う、嘘をついてました。ここに入る前に縛られたときにすごくアソコが熱くなって……」

奈月も愛香と同様に顔を真っ赤にしながら、自分の身体の恥ずかしい反応を認めた。

愛香とは違う種類の興奮を奈月は感じていたようだ。

「縛られて興奮するのか? きつくしてほしいのかい」

モデルのような体型の美少女の口から出たとんでもない言葉に、愛香もギャラリーの会員たちも息を呑んだ。

　奈月は少しつらそうに目を伏せたまま、はい、とだけ答えた。

「こうか？」

　彼女の後ろに立つ理事がロープを強く引き絞った。ギリッという縄の軋む音が響いてきた。

「はうっ、はあん、ああ」

　白い肌に痛々しいくらいに胸縄が食い込み、Ｄカップの美乳が強く絞り出された。

　見た感じ息も苦しそうなのに、奈月の半開きの唇から漏れたのは甘い吐息だった。

「くうっ、ああ……愛香さん……見ないで、はうん」

　理事が一度結び目を緩めてから、さらに強く絞って細い腕や胸の上下を締めあげる。

　奈月はもう顔を真っ赤にしているが、瞳は蕩けさせながら愛香に訴える。こんな変態的な快感を得ているのを同級生に見られるのはつらいのだ。

「ふふ、いやらしいのは奈月ちゃんだけじゃないぞ」

　今度は理事の北川が片脚吊りの愛香のグラマラスな身体に自分の胸を密着させる。

　そしてむっちりとした愛香の腰の後ろから両腕を差し込み、指を淫唇の左右にあてて引っ張った。

「あっ、いやあ、ああっ、こんなの……ああっ」

硬さの残る肉ビラが大きく開いていき、薄桃色の媚肉が覗いた。ねっとりとした肉がひしめき合う膣肉が晒され、中からドロリと淫液が溢れ出してきた。

「おおっ、溢れてるじゃないか。垂れてるぞ、愛香ちゃん」

人工芝の上に座り込んで美少女の晒された胎内を覗き込む会員たちが、やんやと歓声を浴びせてきた。

「ああ、いやっ、ああっ、恥ずかしい、ああっ」

片脚を吊りあげられているので、脚を閉じることは当然できず、愛香はただ縄にくびれた巨乳を揺らして身体をよじらせるばかりだ。

中から次々に溢れてくる愛液を数十人の男に見られていると思うと、生きた心地がしないが、また背中がゾクゾクと震えた。

(ああ、見られてる、奥の奥まで)

股を開いて媚肉を見られただけでなく、内臓のような場所まで見せつけている。

女としてたまらない屈辱感の中で愛香の露出の性感は強く燃えあがっていた。

「ああっ、私も、あああん、見ないでえ、奈月さん、恥ずかしい」

男たちも目よりも自分の浅ましい姿を同性に見られているほうがつらい。愛香は後ろ手の身体をのけぞらせて懸命に訴える。

「ああっ、奈月さん、ああん、私も、ああっ」

互いに訴え合いながらも、奈月も愛香も声は明らかに女の響きを持っていた。

二人ともに禁断の快感に目覚めていく己を恐れながらも、興奮が止まらないのだ。

「ふふ、盛りあがっているところですが。二人ともこちらに注目してください」

もう頭の芯まで痺れていく感覚の愛香が、教頭の声に目を開くと、近い場所にホワイトボードが移動してきていた。

ふだんは愛香たちの午前中の勉強時に使われる白いボードに、なにかの文字が書き込まれていた。

「正直に自分の性癖を告白したのは褒めますが、一度、嘘をついたことへのペナルティは受けてもらわないといけません。二人は不戦敗で今日からレベル4に進みます」

進悟は愛香たちが理事の手によって責められている間に、書き込んでいたようだ。

「試合は中止ですから割愛します。レベル4はこのようなプログラムです」

ホワイトボードの前に立っていた進悟がよけていき、その内容が見えた。

○レベル4では研修生に対しアナルで性行為を行うためのトレーニングを行う。

○研修生は自らの肛門を差し出し理事は自由に拡張し、性感の開発をする。また研修生側には二十四時間拒否権はない。
○アナルの開発にあたって理事と教員は研修生の排便も管理する。研修生は無許可での排泄は許されず、また理事の判断によって浣腸による排便を行う。
○性器への行為も継続し、朝のランニングも行う。またここまでと同じように性器や乳房への性感の開発も継続して行う。
研修生は自ら積極的にこれに協力し、自分の肉体の状態を常に報告し、AV女優としてファンを楽しませる淫靡な肛門を目指す。
○研修生のアナルへの男性器の挿入も行う。研修生はこれを拒否できない。
○レベル4からは一般会員のみなさまも二十四時間練習場に出入りを許可される。ただし研修生の身体に触れてはならない。

「そ、そんなあ」

恥ずかしいのを我慢して自分の中に目覚めはじめている禁断の性感まで告白した。

その先にあったのがアナルセックスや浣腸という、まともな人間がするとは思えない行為だった。

愛香は大きな瞳から涙を溢れさせ、唇をブルブルと震わせた。

「心配しなくてもいいぞ、浣腸も慣れたら気持ちよくなる。とくにお前たち二人はマゾッ気が強いからな」

「ひっ」

源造がニヤニヤと笑いながら車輪のついたワゴンを押してきた。その上には透明な薬液が入った洗面器が乗せられている。

愛香と奈月がそれを見て顔を引き攣らせたのは、薬品独特の香りのする液体の中に自分の手首ほども太さがある巨大な浣腸器が二本突っ込まれていたからだ。

「そうそう、癖になりますよ」

赤らんでいた顔を青くする縄がけされた美少女を見つめながら、教頭と校長が浣腸器の中に薬液を吸いあげていく。

「ちゃんと潤滑ゼリーも塗ってやるから痛くないぞ」

浣腸器の目盛りギリギリまで薬液を吸いあげた源造と進悟は先端部に、粘着質のゼリーを塗り込んでいった。

「うっ、いやっ、くううう」

不気味に光る浣腸器に目を見開いて固まっていた愛香は、ヒップの割れ目に男の手が入り込んできたのを感じて後ろを振り返った。

「ここにも塗っておいたほうが楽だろ。おじさんの気遣いだ」

背後にいた北川がそんなことを言いながら、指に源造と同じゼリーをすくい取り、愛香のすぼまりに塗り込んできた。

「あっ、いやっ、ううっ、ああっ、そこいやあ」

これから浣腸をされるための準備が行われている。愛香は屈辱と恐怖に涙ぐむが、アナルに指が入り込むと甲高い声で喘いでしまう。

レベル3以降、セックスの前戯の際にアナルにもいたずらされることがあり、肛肉はかなり敏感になっていた。

「ああっ、お尻、ああっ、いやああ、ああっ」

ただ少し指でほぐされる程度だったのが北川は本格的に指を中に押し込んで、グリグリと掻き回している。

その動きがこれからお前はアナルも性器にされるのだと告げているように思え、愛香は後ろ手縛りに片脚吊りの身体を震わせるのだ。

「さあ、愛香さん。あなたには私が入れてあげましょう」

しばらくの間、理事の手によって大股開きの股間の後ろにあるセピアの肛肉を開かれたあと、愛香の背後には進悟が、奈月には源造がしゃがんだ。

「ふふ、いきますよ」

ガラス製の浣腸器を両手でしっかりと構え、進悟が愛香の大きく実った桃尻を下から覗き込んだ。

「ああっ、許して教頭先生、ああ……」

片脚を大きく持ちあげ、媚肉や肉芽まで大開きになっている美少女の股間に、浣腸器のノズルが近づいてきた。

ゼリーに濡れ光るそれを見た愛香は無駄だとわかっても哀願し、正面で見つめる一般の会員たちが息を飲んだ。

「アナルを気持ちいい場所にするためには浣腸は必要不可欠です。さあ、たっぷりと飲んでください」

進悟はいつもよりも遥かに目をぎらつかせながら、浣腸器を持ちあげ先端を愛香の肛肉に押し込んできた。

彼は女の肛肉に執着でもしているのか、やけに興奮しているように見えた。

「あっ、ああっ、いやっ、あっ、くううう」

左脚を吊りあげられている愛香の下半身に対して垂直にガラスの浣腸器が突き刺さ

る。

「ふふ、可愛い肛門にブスリと刺さってますよ」

ムチムチとした丸いヒップを下から見あげながら、進悟は浣腸器を押して薬液の注入を開始した。

「くうっ、いやあ、ああっ、ううっ、許して、ああ」

肛門を異物が押し拡げているだけでも気を失いそうなくらいの嫌悪感なのに、さらにぬるい液体が腸の中に向かって流れ込んできた。

それも強い圧力をかけて腸壁を拡張し下腹の奥を満たしていく。

「ああっ、くうううう、いやっ、ああ、もう許してください、校長先生っ」

隣で奈月が耐えかねたような大声をあげた。片脚吊りの美しい身体が大きく揺れ、愛香よりも強く絞られた胸縄から飛び出している美乳がフルフルと揺れていた。

「あうっ、くうう、いやっ、苦しい、あああ、ああ」

奈月が思わず叫んでしまうのも理解できる。二人はどれだけ入れるつもりなのか、もう愛香のお腹は破裂しそうだ。

「たかだか五百ccですよ。あなたたちなら練習中の水分補給とかわらない。ほれっ、残り全部一気に入れますよ」

悶え苦しむ美少女のヒップの谷間に向けてさらに強く浣腸器を突き立てられ、薬液がすごい勢いで注入された。

「ひいいいいい」

初体験の浣腸の圧力に白い歯を食いしばり、愛香は吊られた身体をのけぞらせた。

「あっ、ああ、愛香さん、私、もうだめ」

浣腸のあと、トイレを懇願する愛香と奈月たちを源造と進悟は室内練習場の真ん中に引き立てた。

そこに置かれていたのは一個の金ダライだった。理事や会員たちはその周りを取り囲み、十七歳の乙女にそこで排泄しろと煽りたてた。

「ああ、奈月さん、くううう」

お願いだからトイレにと頼む愛香たちに、源造は冷たく、レベル4ではもうお前たちには自由に排泄する権利はないと言い放ち、なんと糸で二人の乳首を繋いだ。

乳首同士を繋いだ二本の糸は十センチほどしかなく、二人は向かい合わせ人工芝の上に立ち、腹痛に腰をくねらせながら乳房を寄せ合っていた。

身体を縛りあげていたロープは解かれて手脚は開放されたが、少し身体を動かしただけで乳首が引っ張られる状態ではそこからほとんど動けない。

「ふふ、先に奈月さんが出しますか？　ちゃんとみなさんに言ってからしてくださいね」

タライの大きさが微妙で、一人なら跨がれるが二人同時には無理に見えた。お尻同士を突き合わせれば可能かもしれないが、乳首を繋がれているので無理だった。

「くうう、ううっ、奈月さん、さ、先に」

もう愛香も苦しくてたまらず、少しでも気を抜けばアナルを突き破って恥ずかしいものが飛び出しそうだ。

だが目の前で脂汗を流しながら唇を震わせる奈月を見ていると、自分を優先する気持ちにはなれなかった。

「ああっ、ごめんなさい、愛香さん、くうう、あああん」

奈月は涙声で詫びながらタライに跨がろうとする。ただよほど余裕がないのか、乳首が繋がれているのも忘れて大きく動いたため、糸が張りきり二人の巨乳が伸びるくらいに引っ張られた。

「は、はあん、奈月さん、だめえ、ああっ」

もちろんピンクの乳首は千切れそうなくらいに引かれていて、愛香は甲高い声をあげてしまった。

浣腸までされたこんなひどい状況で、痛いくらいに乳首を責められているのに、快感を得ている自分が愛香は恐ろしかった。

「さあ、言うんです、奈月さん」

愛香が前のめりでついていくなか、タライにどうにか跨がった奈月に進悟がもう怒鳴り声で命令した。

「ああっ、みなさん、ああっ、奈月がお尻の穴を開いてウンチ出すところを見てぇ」

あらかじめ言われていた言葉を奈月は大声で叫んでから、形のいいヒップを後ろに突き出した。

数十人の男たちに自分の排泄姿を見てくれと言うのはたまらない屈辱だろうが、もうためらう余裕も彼女にはないのだ。

「ああっ、で、出るうううう」

最後の悲鳴と共に茶色い濁流が金属のタライを叩いた。勢いが凄まじくあっという間にタライの底が見えなくなった。

「こんな美人でもさすがにウンコは臭いな」

会員たちは楽しそうに笑いながら、鼻を摘まんだりしている。

「ああっ、いやあ、あああ、ひどい、ああっ、ああっ」

さすがに気が強い奈月も堪えきれないように号泣している。それでも白い桃尻から便が噴出するのは止められず、室内練習場に水音が響いた。

「くうう、ああ、奈月さん、ああっ、私ももうだめ、ああっ、漏れちゃう」

その様子を涙目で見ていた愛香も限界を迎え、至近距離で泣きながら排泄する奈月に訴えた。

もう浣腸液で溶かされた便がアナルに殺到していて、呼吸を止めていないと決壊しそうだった。

「ああっ、愛香さん、くう、待って、んんん」

愛香の限界を知った奈月が唇を噛んでこもった声をあげた。

「おおっ、アナルが閉じたぞ、さすが鍛えている人間は肛門もパワフルだな」

便の噴出を止めた奈月に会員たちから歓声があがった。どうやら奈月はアナルを引き締めて愛香にタライを譲ってくれるつもりのようだ。

「愛香さんも会員のみなさんへのお願いを忘れないでください」

奈月とは別のセリフを愛香も進悟から仕込まれていた。屈辱的でたまらない言葉だが、もうそんなことを考えている余裕などない。

「ああああっ、くう、あっ、奈月さん、ああっ、ごめんなさい」

奈月が後ろに身体を引き、糸に引かれて乳首と乳房を伸ばしながら、愛香がタライに跨がった。

タライの上にくると強烈な臭気が鼻をつく。愛香は奈月の出したものから目を背けながら自ら九十センチの桃尻を両手で左右に開いた。

「ああっ、ろ、露出マゾの愛香が臭いウンチを出す姿をみなさんで、ああっ、見てえ、写真もたくさん取ってえ」

もちろん自ら尻を開いたのもこの口上もすべて進悟の命だ。ただ愛香は突きあがるマゾの昂りに背中を震わせながら、肛肉に込めていた力を緩めた。

「あっ、あああっ、ああああっ、もう無理、ああ」

反射的にのけぞってしまい、互いの乳首が伸びるなか、一気に開いた愛香の肛肉から茶色い濁流が噴き出した。

「はは、こっちも派手だな、ちゃんと写真を撮ってやるぞ」

背後には男たちの人垣があり、スマホや、中には一眼レフのカメラまで構えて美少女の排泄を撮影している。

「ああっ、はあああん、止まらない、ああっ、ああ」

自ら尻たぶを開いて肛門を開放しながら、絶対に誰にも見られたくないものを噴出する。

愛香はもう人間をやめてしまったかのような気持ちになり涙するが、一方でなんとも言えないくらいに胸の奥が熱く燃えあがる。

「ああっ、出る、ああっ、まだ出ます」

妖しく激しいマゾの快感に全身が痺れ堕ちていきながら、愛香はもう自ら叫びながら軟便をひり出していく。

(もっともっとみじめになりたい……)

十七歳の少女は完全に禁断の悦楽に浸りきり、茶色いものを放出していた。

「くうう、愛香さん、ううっ、私、ああっ、また」

鼻がつきそうな距離でそれを見つづけている奈月が自分のお腹をさすりながら訴えてきた。彼女は愛香のために途中で排泄を止めたので、まだ便意があるのだ。

「ああっ、奈月さん、ああっ、待って、ああっ、止められないの、ああ」

自分でもこんなに出るのかと思うくらいに愛香は大量の排泄物をタライに出しているのに、まだ止まる気配がなかった。

「ふふ、仕方ないですね」

タライに跨がっている愛香が涙を流すのを見て、進悟がハサミで乳首同士を繋げている糸を切断した。

「ああっ、奈月さん、ああっ」

まだ排泄を続けながら愛香は自分の身体を前にもっていく。奈月は回り込んで愛香の後ろに跨がりお尻を突き合わせて再びアナルを開いた。

「おおっ、同時にウンコして、ははは、美少女も台無しだな」

男たちから容赦のない言葉が浴びせられる。

「ああっ、愛香さん、私たち、ああ、もう犬になったのね」

「くううう、ああっ、そうよ、ああ、どこでもウンチする、牝犬よ」

背中合わせでタライに跨がる全裸の美少女二人は、手を強く握り合いながら最後の噴出を見せた。

第七章　二穴責めに喘ぐマゾ少女

夜の室内練習場。鉄骨が剥き出しの大型倉庫と同じような空間に、美少女の喘ぎとモーターの音が響いていた。

「ああっ、いやっ、ああっ、またイッちゃう、あっ、あああ」

浣腸から排泄という生き恥を晒し、このあとは禁断の裏肉に男の肉棒を受け入れることも決まっている。

そんな二人を男たちは並んで据えられたベッドに大の字に固定し、ウォーミングアップと称して道具を使って責めていた。

「ああっ、だめっ、こんなの、あああ、止めてください、ああ」

両腕も両脚も大きく引かれ仰向けに固定された愛香と奈月の身体に、テープを使って複数のローターが固定されている。

両の乳首とクリトリスにしっかりと固定され、敏感な突起が絶えず震わされている。

さらには膣口とアナルにはバイブが押し込まれ、媚肉と腸肉が掻き回されていた。

「ああっ、はああん、イク、イクイク、ああっ、イク」

大きな快感の波がやってきて、愛香は大の字に開いたグラマラスな身体を引き攣らせてのぼりつめた。

もう何度達したかわからない。呼吸もままならないなかで快感のみが肉体を満たしていた。

「あああん、もう頭がおかしくなる、ああっ、許してください、あああっ」

達したあともローターやバイブの動きは緩めてもらえない。すぐにまた強い快感に翻弄された愛香は涙目で二台のベッドを取り囲んだ理事や会員たちに訴えるのだ。

「はあああん、ああっ、奈月もイッちゃう、ああっ、イクううう」

固定されたしなやかな身体をビクビクと痙攣させて奈月も絶頂にのぼりつめた。

彼女もまた何度もエクスタシーに達していて、もう疲れきった様子だ。

「ああっ、いやっ、はあああん、またイッちゃう、ああっ」

彼女のことを気にしているうちに愛香の肉体を快感が駆け抜けていく。

鍛えられた少し太めの太腿を波打たせ、愛香は背中を弓なりにしてイキ果てた。

「ふふ、どこでイッたんだい？　愛香さん、ここかな？」

夜になって現れた柴田が愛香の股間に突き刺さる二本のバイブのうち、アナルに挿入されているものを手で押し込んだ。

昼間にいなかった理事たちは、自分が見ていない間に二人が初浣腸を受けたことにかなり文句を言っていた。

「ひっ、ひあぁっ、わかりません、ひっ、ひうっ」

腸内を掻き回すバイブがさらに深く侵入し、愛香はさらなる快感に悶え泣いた。

嘘は言っていない。自分自身でもクリトリスでイッたのか、それとも膣かアナルなのか、もうわからなくなっていた。

「そうか、でもわからないということは、アナルの中もかなり気持ちいいようだね」

柴田は愛香のアナルのバイブを大きくピストンさせる。肛肉が大きくめくれたり中に入ったりするくらいの激しい動きが繰り返される。

紳士然としている柴田だが、女体を嬲るときは容赦がない。

「ああっ、あああ、はいい、あぁっ、お尻の中でも、ああ、感じてます」

くねるバイブにさらに前後運動まで加えられ、硬い亀頭部が腸壁を縦横無尽に責め立てる。

甘く激しい痺れに骨盤まで痺れ堕ちるなか、愛香はためらう気持ちなどまったく持てずに叫んでいた。もうアナルも腸も完全に性器となっている自覚があった。

「かなり温まっているようだな。そろそろアナルセックスをするかい？」

バイブをピストンさせていた手を止めて、柴田が愛香の真っ赤になっている頬を撫でてきた。

「そんな……ああ……いや」

大きな瞳を涙でいっぱいにして愛香はか細い声で答えた。ルールでアナルに挿入されるのはわかっているが、素直にしますと言えるはずがなかった。

「じゃあその気持ちになるまで、このままイキつづけるんだ」

残酷な笑みを浮かべた柴田は愛香の中に入っているバイブたちのスイッチを操作して、動きを激しくした。

「ああっ、ひっ、ひあああ、あああぁ」

モーター音が大きくなり男根を模した二本のバイブが膣肉とアナルをさらに強く抉ってきた。

「ひっ、ひあああ、イク、イクイク」

もう意識が飛びとびになるなか、愛香は夢中で叫んで大の字の身体を弓なりにした。

仰向けでも大きさを失わないＧカップの巨乳が、乳首に貼られたローターと共に躍った。

「あっ、あああ、はああん、もう許してください、ああっ」

半開きになった唇から荒い息を吐きながら愛香は唯一自由になる頭を何度も振って訴えた。

イッたばかりの媚肉と腸肉をまだバイブが激しく嬲りつづけていて、このままではほんとうに気が狂ってしまいそうだ。

「じゃあ、アナルセックスするんだね」

暴れる二本のバイブを停止させ、柴田が覗き込んできた。

「は、はい……アナルセックスします……」

もう頭まで痺れきっている愛香は、彼に言われるがままに言葉を返していた。

奈月も愛香と同じように陥落し、進悟の肉棒をアナルで受け入れると宣言した。

二人ともに四肢の縛めは解かれ、身体を嬲っていた器具類はすべて外された。

「もっと大胆に脚を開いて、お尻の奥まで晒すんです」

二台並んだベッドを大勢の男たちが取り囲んでいる。その中心で四つん這いの体勢になることを命じられて素直に従った愛香と奈月に、進悟はさらに命令してきた。

「ああ……はい……」

もう抵抗の気力もない二人は、膝をついた両脚を開いた。

尻たぶが割れて股間が開き、美少女たちの媚肉やセピアのアナルが剝き出しになる。

「はは、マ×コもアナルもすごいことになってるぞ」

掲げられた奈月の引き締まったヒップと愛香の豊満な桃尻。その真ん中でずっと嬲られていて秘裂は愛液にまみれ、肛肉は緩んでぽっかりと口を開いていた。

「おおっ、腸の中までよく見えてる」

会員と理事たちはライトを後ろから二人にあて、カメラを向けている。

「ああっ、いやっ、ああ……」

自分の内臓の中まで撮影されていると思うと、愛香は激しい羞恥に苦しむ。

ただその中で露出的な性感が燃え、無意識に桃尻をくねらせていた。

「さあ、こちらも準備オッケーです」

そんな愛香の前に全裸になった柴田が現れた。彼の股間では逸物が反り返っている。

「ひっ、いっ、いやっ」

もう尻穴を犯されなければならないというのはわかっている。だがそれも忘れてしまうほど柴田のモノは巨大だった。

　何度もほかの理事たちのモノを見てきたが、柴田の肉棒はまるで比べものにならないほどの巨大さだ。亀頭部はカリ首が張り出し、竿も太くて長い。

「私はね、女の子のアナルが大好きなのですよ。だからここまで我慢してきました」

　柴田は自らの手でその巨大な逸物をしごきながら、愛香がグラマラスな身体を四つん這いにするベッドにのぼってきた。

「いっ、いやっ、む、無理です」

　愛香はなよなよと頭を振って身体を逃がそうとしたが、柴田に腰の辺りをしっかりと手で摑まれた。

「ひっ、いやっ、お願いです、ああっ、痛い」

　柴田はそのまま愛香のムチムチとしたヒップに自分の腰を押し出してきた。

　バイブでたっぷりと責められてかなり緩んでいる愛香の肛肉だが、柴田のカリ首があまりに巨大すぎるためか、引き裂けそうになっていた。

「すぐに慣れますよ。なにしろあなたはスケベなマゾですからね」

　涙を流して悲鳴をあげる美少女に同情するそぶりも見せずに、柴田は怒張を侵入させてくる。

ただこういうことに慣れているのだろうか、慌てて押し込もうとはせずに小刻みに前後させて馴染ませてきた。

「ああっ、くううう、いやっ、許して、あっ、くううう」

ただそれでも痛いことには変わらず、愛香は四つん這いの身体を大きくくねらせてシーツを握りしめていた。

上半身の下で張りの強い巨乳が大きく揺れるのも、どこか悲しげだった。

「たいへんですね、柴田さんのは大きいから、ほらこちらはもう入りますよ、それっ」

ほとんどくっついている隣のベッドで、同じように四つん這いの奈月の桃尻に向けて、教頭の進悟が自分の下半身を勢いよくぶつけた。

「あっ、ああっ、ひっ、ひあああ、だめえ、ああ」

同時に奈月は白い背中をのけぞらせて、悲鳴のような声をあげた。

進悟はそのまま奈月の尻たぶを摑んで激しいピストンを始める。

「あっ、ああっ、いや、こんなの、ああ、ああっ、ああん」

ショートカットの頭を横に振る奈月の唇は大きく開き、犬のポーズの身体全体が小刻みに震えだした。

（ああ……奈月さん……お尻の穴でセックスするのか気持ちいいんだ……）

共に男たちによって全身の性感を目覚めさせられた身として、愛香はいまの奈月の状態を感じ取ることができた。

尻穴を犯されるのは屈辱的でたまらないのだろうが、腸や肛肉の快感がそんな気持ちを押し流しているのだ。

美しい同級生の変化に愛香は自分を重ねて恐怖する。そのとき、柴田がさらに怒張を押し込んできた。

「むっ、くうう、痛っ、くうう、ああ」

アナルが信じられないくらいに拡張され、野太い亀頭が中に入り込んできた。

ただ亀頭のエラが一番張り出した部分を過ぎると、少し痛みがましになる。勢いがついた柴田の怒張が直腸の奥に一気に達した。

「ああっ、くうう、いやっ、ああ」

骨盤ごとアナルを引き裂かれているような圧迫感に、愛香は四つん這いの白い身体をよじらせて苦しげな声をあげていた。

排泄のための器官を硬く巨大な男根が遡（さかのぼ）り、腸を満たし尽くすのは異様な感覚だ。

「いい感じですよ、愛香さんのお腹の中は。ふふふ」

根元まで押し込んだあと、少し愛香の様子をうかがっていた柴田が、大きく腰を動かしてピストンを始めた。

「あっ、いやっ、動かないで、あっ、ああっ、あああ」

直腸まで拡張している巨根が前後に大きく動き、亀頭のエラが腸壁を抉る。

もともと性器ではない場所なのに、バイブや指で開発を受けていたからか、さっそく甘い痺れが湧きあがりはじめた。

「はうっ、いやっ、あうっ、あっ、あああん」

千切れてしまうかと思った肛肉の痛みも少し和らいでいる。腸の中はもともとあまり痛みはなく、激しいピストンに反応していく。

「いい声が出てきましたね、お尻が気持ちよくてたまらないですか」

少女の淫らな成長に気がついたのか、柴田は突き出された桃尻をしっかりと掴んで固定し、大きく腰を使ったピストンを繰り返してきた。

「ああ、そんな、ああん、たまらないなんて、ああっ、ああああ」

禁断の排泄器官に肉棒を初めて受け入れ、快感に喘いでいる自分が愛香は信じられないが、もうアナルが開かれたりするのも気持ちがいい。

「ああっ、いやあああん、ああっ、はうっ、ああ、お尻、ああっ」

腸の中も肛門もすべて気持ちいい、前の膣を肉棒で突かれているのと甲乙つけがたい気持ちよさだった。

「ああ、奈月、あああん、おかしくなってます、あああ」

隣で同じ獣のような姿の奈月が切羽詰まったようによがり狂っている。彼女もまたアナルや腸からの快感に翻弄されているのだろうか。

「気持ちいいですか？　愛香さん。アナルセックスはたまらないでしょう」

こちらも声を引き攣らせている愛香を、柴田がさらに激しく突いた。

「あああん、いい、気持ちいいです、ああっ、アナルセックスって、あああん、こんなに気持ちいいって知りませんでした、あああっ」

朱に染まった四つん這いの身体をくねらせ愛香は夢中で叫んでいた。

身体の下でピストンのリズムの合わせて弾んでいる巨乳の先端で勃起している乳首までもがヒリヒリとむず痒い。

（ああ、お母さんごめんなさい。愛香はもうなにをされても感じる変態女になったわ）

ゴルファーになる娘を応援してくれた母に申し訳ないという思いは強い。だがこの変態的な快感がその思いすら押し流していく。

自分はどこまで淫らでみじめな人間だろうか。愛香は泣きたくなった。

「ああっ、柴田さん、もっと激しくして、愛香のお尻の穴をめちゃくちゃにして」

この悲しみを忘れさせてくれるのもまた快感なのだ。全部を捨てて、ただのマゾ女になりたいという欲望に囚われた美少女は、なんと自ら巨尻を後ろに突き出して求めてきた。

「いいですよ、好きなだけ味わいなさい、そして尻の穴でイクんです」

禁断の快感に身を任せる美少女に、柴田も興奮した様子で腰をさらに強く振った。

「奈月も、あああん、いい、アナルが気持ちいい、もうイキます」

隣で奈月も愛香に煽られるように快感によがり泣いていた。

「いいですよ、もっと感じなさい、おおおお」

進悟が奈月の驚くほど引き締まったウエストを両手で摑んで肉棒を打ち込んだ。

「二人ともすごいぞ、まさに淫婦だ。いますぐデビューしてもいけるな」

周りを取り囲み、カメラを構えている男たちも興奮している。そして乱れ狂う美少女の一挙手一投足を撮り逃がすまいとカメラを突き出すのだ。

「いくぞ、愛香、お前のケツの穴の中にぶちまけてやる。おおおお」

柴田は愛香の両腕を後ろから摑んで引き寄せる。四つん這いの上半身が浮かび、伸ばされた腕が羽のように広がった。

「ひ、ひいいいいい、あああっ、奥に、あああっ」

膝だけで身体を支えている体勢になった愛香のお尻が、柴田の股間にさらに密着し、巨大な逸物が直腸のさらに奥を突きあげた。

硬く逞しい亀頭が腸壁にグイッと食い込み、背骨がバラバラになるかと思うような強烈な快感が駆け抜けた。

「あああっ、愛香、イク、お尻の穴でイクううううう」

反り返った上半身の前で巨乳を弾ませながら、愛香は激しくのぼりつめた。

膝立ちでヒップを斜め下に突き出している体勢の白い身体がビクビクと痙攣を起こし、白い肌が波を打った。

「くっ、締まってきた、イクぞ、くう」

柴田もほとんど同時に限界を口にして愛香の腸内に向かって精を放った。

「ああっ、あああん、柴田さんの精子、ああん、愛香のお腹の中まで来てます」

柴田の精液の勢いはよく、また膣のように奥の壁がないので、浣腸液のようにどこまで流れ込んでくる気がする。

自分の体内を男の熱い粘液が満たしていく感覚に、愛香は恍惚とした顔を見せたまま、十七歳の身体を歓喜に震わせつづけるのだった。

「ひひ、愛香ちゃん、なにもかも晒されてるぞ、恥ずかしくないのか？」

平日の午前、愛香と奈月は勉強する時間だが、室内練習場の人工芝の上に置かれた机の周りには理事や会員たちが群がっていた。

「あっ、ああ、恥ずかしいです、ああ……」

机はいままで使用していたものと同じ木製のデスクだが、愛香のイスは透明のプラスティック製のものに変更されている。

そのうえに愛香は一糸まとわぬ姿で座り、教頭の進悟が行う講義を受けていた。

「なんかマ×コの奥から出てるぞ、もうドロドロだ」

イスの下から覗けば自分の体重で潰れてぐにゃりと形を変えたヒップを見ることができる。

数人の男たちはしゃがんで見ているのだが、愛香を辱めているのはそれだけではない。イスには二本の同じく透明のプラスティックでできたディルドゥが装着されそれぞれ膣とアナルの挿入されていた。

結果美少女の肛肉と媚肉が拡がる様子を下から見られるのだが、彼らは露出の辱めに快感を自覚した少女をさらに責めている。

「ふふ、どっちの中もずっとヒクヒクしているな」

なんとディルドゥの先端には小型のカメラとライトが埋め込まれているのだ。イスの下からケーブルで繋がった二台のモニターに愛香の子宮口周りと腸の中がずっと映されているのだ。

「子宮口も動いてるぞ。イソギンチャクの映像じゃないよな」

膣側のモニターには薄桃色をした子宮への入口がアップになっている。大量の愛液にまみれウネウネと動く姿は男たちの言葉どおり軟体動物を思わせる。

アナルのほうも肌色の腸壁がライトに照らされ、ぬめっとした姿を晒していた。

「ああっ、いやっ、ああっ、恥ずかしい」

二穴にディルドゥが入っているのでそれほど動けないが、愛香は切なそうに腰をくねらし、張りの強い巨乳をフルフルと揺らしながら吐息を漏らしていた。

ただ恥ずかしいという気持ちが強くなるほどに全身が熱く燃えさかっていった。

（ああ……私は露出狂の淫乱娘……）

いまではもう服を身につけることも許されず、朝の目覚めから壁のない自室のベッドが男たちによって取り囲まれ、Ｇカップのバストや鍛えられた筋肉に脂肪がのった巨尻を視姦される。

そんな彼らはことあるごとに、愛香を露出狂の淫乱娘だと蔑む。情けないという思いはあるが、繰り返されるうちにその言葉にもマゾの昂りを覚えるのだ。

「あっ、ああ、あああん」

かなり近い距離で進悟が授業を続けているが頭になど入ってこない。愛香は剝き卵のような美しい巨尻を揺らして自らディルドゥを膣や腸壁に擦りつけるのだ。

「はうっ、くうう、ん、ああっ、きつい、ああっ」

隣の机に座る奈月がこもった声をあげて愛香は振り返った。

同じく全裸の姿でイスに座る奈月の身体には黒い革ベルトが何本も締められていた。

乳房の上下と真ん中に計三本とウエストの辺り、そしてイスの上の股間にもTフロントの形でふんどしのように食い込んでいる。

「ああっ、苦しい、はうっ、あああん」

それぞれのベルトは独立しているのだが、後ろに据えられた男の背丈ほどの太い柱と金属のバネで繫がっている。

バネの力で革ベルトは奈月の白い肌に食い込んでいる。とくにDカップの乳房を真上から締めつけているベルトが乳肉をいびつに歪めている様子は痛々しい。

「ああっ、だめっ、あっ、強すぎる」

奈月のイスには背もたれがついているので、上半身を後ろに倒すこともできずにバネのけん引に耐えつづけなければならない。

乳房がつぶされ股のベルトも強く食い込んでつらいはずなのに、奈月の声はどこか甘い響きを持っていた。

(苦しいのがいいのね、奈月さん)

そういう性癖は自分にはないが、奈月がいま普通ではない快感に溺れているのはわかる。

いけない、情けないと思っていても、昂る情欲を抑えきれないのだ。

「あっ、あああ、はっ、はああああん」

奈月がさらに大きな声をあげてのけぞった。男たちはやんやと喝采(かっさい)を浴びせながら、締められただけでイクんじゃないかと笑っている。

さすがにそれはと愛香は思うのだが、耳まで真っ赤にして切れ長の瞳を蕩けさせる奈月を見ているとそれも嘘ではないように思う。

「ああっ、奈月さん、あっ、ああ……」

マゾの快感に浸りきる同級生を見ていると愛香の肉体もまた熱く燃えさかる。

ちらりとモニターを見ると自分のアップにされた子宮口がさらに大きく動き、カメラの映像がぼやけるくらいに愛液が分泌されていた。

「ふふ、もう授業になりませんね。ではいまから予定を変更して今度の第五試合とそのあとのことを書いた書面ができましたので確認しましょう」

こんな責めをしておいて当たり前のことなのに、仕方がないといったふうの進悟が紙束を取り出した。

そのうちの二枚を手や脚は拘束されていない愛香と奈月に手渡し、あとは集まっている一般会員や理事たちに渡した。

「ふふ、いよいよ最後だな」

内容はいつもと同じく、試合のルールとホール間の責めの内容、そして負けた場合に二人が受け入れなければならない事柄が書かれていた。

理事の一人が口にしたとおり、今回の試合が最後となり、愛香たちが部に戻るラストチャンスだ。
○最終第五試合は第一試合と同じく、理事代表と研修生二人による計五ホールのストロークプレーで行う。研修生の服装はシューズとソックス以外は身につけない。

○最終ホールが終わった時点で理事代表よりも打数が少ない場合は研修生の勝利としゴルフ部に復帰を認める。ただし引き分けの場合は復帰を認めない。

○他ルールはいままでの試合と同じとする。ティショットからカップインまでの間は研修生の身体を刺激したり拘束したりする行為は行わない。

○ホールとホールの間、ティショット前に研修生は理事側が用意した男性を一度射精させなければならない。ただし口や手で男性器を愛撫するのは禁止とし、膣とアナルのみを使用するものとする。

○男性が射精するまでに研修生は何度達してもかまわない。時間も無制限とするが、射精するまでは行為を止めずに行う。

○男性が射精後、研修生は一分以内にティショットを打たなくてはならない。休息を一分とする代わりに打てなかった場合は即失格、敗北とする。

○ティショットを打ったあと、もう一人の研修生が行為を終えていない場合はその場で待機となり、水分などの補給も自由とする。

一枚目の用紙にはそう書いてあった。要は愛香と奈月はホールが進むごとに男とセックスをし射精させなければ先に進めないということだ。

男たちとセックスをしながらゴルフをする。以前の愛香ならば気も狂いそうなひどいルールだが、変な慣れといおうか、あまり心は動かなかった。淫らな行為をするのが当たり前になってきているのか、そんな思いを抱きながら愛香は二枚目の用紙を見た。

○五試合目に研修生が敗北した場合は、最初の契約のとおりに卒業後は理事の経営するナイトクラブのショーガール、もしくはＡＶ女優としてデビューするものとする。
○卒業までの約一年間はこの室内練習場で生活し、研修生はさらなる肉体開発を受け、男を悦ばせる身体になるために懸命に努力する義務を負う。
○理事たちに加えて一般会員もすべての行為を研修生の肉体に行う権利が与えられる。研修生はこれを拒否してはならない。
○理事と一般会員たちが集まる懇親会には必ず出席し、そこで研修生は自らの肉体と培(つちか)った淫らな技術を惜しみなく披露するものとする。
○卒業までの一年間、研修生の肉体は理事会の管轄下に入り、服装および日々の生活の自由もすべて放棄して委託する。どのようなプレーを命じられても受け入れ積極的に快感を追求する女になること宣誓する。

二枚目の内容は敗残者への嬲りを示したもので、プロゴルファーになるという夢を諦め、まさに肉奴隷となることを約束するものだった。

そしてそれがいくら恐ろしくても愛香と奈月に途中下車はない。

（ああ……私……AV女優にされちゃったら、ああ、たくさんの人に裸やイッてるところを見られちゃうのね）

絶望が十七歳の心を覆い尽くす。だが愛香のマゾに目覚めた肉体はその感情すら性の昂りに変えていく。

丸出しのGカップの乳房の先端までもがズキズキと痛み、透明のイスの上のお尻を無意識にくねらせていた。

「ははは、愛香ちゃん、また愛液が溢れてきたぜ。とんでもないマゾになったな。きっと立派なAV女優になれるぜ」

膣内のディルドゥの先端に着けられたカメラに映る子宮口は大量の粘液に溢れかえっている。

少女を調教することに手慣れた男たちは、まるで愛香が最後の勝負に負けることを確信しているかのように笑うのだった。

「あっ、あひっ、あああっ、こんなに、ああっ、すごい、ああ」

晴天の校内ゴルフコース一番ホール。そのティグラウンドのそばで愛香は甘い絶叫をあげていた。

芝生の上に置かれたマットに仰向けになった男の腰に跨がり、騎乗位で肉棒を受け入れて自ら腰を動かしていた。

「はは、いいね、愛香ちゃん。スポーツしてるからか締まりもなかなかだよ」

日焼けした肌の筋肉質の男は現役のAV男優だそうだ。理事たちが依頼して愛香のセックス相手として呼び寄せられたと聞かされた。

名前は守野というらしいが、名前よりも彼のモノの強烈さに愛香はまいっていた。

「あああっ、もう、ああああん、お願い、イッてください、ああっ、はう」

今日は最後の試合だ。そのルールはティショットを打つ前にこの守野を一度射精させなければならない。

彼の肉棒は柴田の巨根に負けず劣らずの大きさのうえに硬さもすごい。その亀頭が膣奥に擦りつけられるたびに愛香は息が止まりそうになる。

「はは、ごめんね、俺、遅漏気味なんだよ」

ベッドに横たわる守野は余裕たっぷりの顔をして、巨乳を揺らして自ら腰を振る愛香を見あげている。

さすがプロと言おうか、十七歳の少女の責めなど笑顔で受けとめている。

「あああっ、いやっ、私、あああっ、もう、あああん、ああ」

逆に愛香のほうはまったく余裕などない。もう全身は痺れきり、グラマラスな身体が汗に濡れ光っている。

じっくりと調教された肉体は熱く燃えあがり、いまにも感極まりそうだ。

「はああん、ああっ、すごい、ああっ、これだめええ、ああ、奈月死んじゃう」

ティグラウンドの横にマットは二枚並べられている。もう一枚のほうではもちろん奈月が愛香と同じくAV男優の逸物で貫かれている。

ただ愛香と違うのは相手がでっぷりとした中年男であることと、向こうが積極的に腰を振っていることだ。

「あああっ、きつい、ああっ、またイッちゃう、ああっ」

奈月はマットに座る男の膝に背中を向けるかたちで乗せられ、怒張を受け入れている。

この背面座位の体位だと正面側になにも遮るものがないので、揺れるDカップの乳房や薄毛の陰毛、そしてぱっくりと口を開いて肉棒を飲み込んでいる秘裂が丸出しで晒されていた。

「いい顔だぞ、奈月ちゃん」

青空の下でよがり泣く美少女の周りを理事や会員たちが数十人も集まって取り囲んでいる。

ただ彼らは少し遠巻きに見ている。その理由は二人のマットの周りにはプロ用のカメラやレフ板を構えたスタッフが撮影をしているからだ。

こんな状況でも冷静な顔で撮影をする男たちはアダルトビデオを制作する会社の人間たちだと聞かされた。

プロの手によって撮影された最終試合は、いろいろと問題があるので発売こそされないが、愛香たちが敗れた場合は理事や会員たちにDVDで配られるらしかった。

(ああ……ほんとうのAV女優にされたみたい……)

大人の男が両手でしっかりと抱えているプロ用のカメラが二台も、男優に跨がって腰を振る愛香の痴態を追いつづける。

身体を駆け巡る快感のせいもあり、愛香は自分がほんとうにAVの撮影をしているような気持ちになるのだ。

「ああっ、あああん、だめっ、あああっ、深い、ああん、ああ」

自分の恥ずかしい姿を、怒張をピンクの秘裂に呑み込んでよがる顔を知らない男たちに見られる。そんな思いに囚われると愛香はさらに情欲を燃やすのだ。

「気持ちいいのかい？　俺のチ×コが。ねえ、愛香ちゃん」

行為を始めてから一度も動いてない守野が愛香の揺れる乳房を揉みながら言った。

「あああ、あああん、いい、あああん、奥がいいのう、あああん」

嘘をついたらペナルティなので愛香は正直に、いまの自分の状態を口にした。

ただそれももう言い訳なのかもしれない。自分がいかにマゾで露出狂の淫乱娘なのか知ってほしい、そんな心理が働いていた。

「奈月ちゃんは身体が柔らかいからこういうポーズもできそうだね」

隣のマットで男優の男が背面座位で責めている奈月の両膝を後ろから抱えあげた。

「ひっ、ひあああ、だめっ、全部、見えちゃう」

男の膝の上で奈月の長くすらりとした脚がM字に開いた。当然ながら股間も大開きとなり肉棒を深々と呑み込んだ秘裂が晒されてる。

裂けそうなくらいに男根で拡張されている膣口、その上にある小さなクリトリス、そしてヒクつくアナルまでもが開陳された。しかも大量の愛液が溢れ出しているのですべてがヌラヌラと輝いていた。

「ははは、チ×ポが出入りしてるところも丸見えだぞ」

「アナルも動いてるな。ほしいのか？　奈月ちゃんはアナルセックスも好きだったしな」

撮影中ではあるが声を出すのは禁止されていないので会員たちは卑猥な声を浴びせてくる。それがまた二人の美少女に目覚めたマゾの性感を刺激するのだ。

「すごいなその歳でもうアナルの快感を知っているのか。じゃあ、ここもしてやろう、ほれ、足はここに乗せろ」

奈月を犯している男優は奈月の膝から手を離すと、胡座座りの自分の脚に足の裏を乗せるように誘導した。

奈月は素直にそれに従い、自ら男の両膝に足を乗せてM字開脚の姿勢を維持した。

「いい子だ、全部気持ちよくしてやろう」

もう中年の感じがする肥えた男優だが、女を責める技術はさすがにプロだ。

自分の膝の上で大きく脚を開いて晒された美少女の股間に、空いた手を伸ばしていく。

その指先がそれぞれ、奈月のクリトリスと、そしてアナルを嬲りだした。

「あああっ、全部なんて、はあああん、だめえ、あああん、ああああ」

背面座位で突かれつづける奈月の身体が大きくのけぞった。クリトリスをこね回され、膣を肉棒で突かれ、そして禁断の肛肉は二本の指で開かれている。

奈月は狂ったような悲鳴をあげて、長い手脚を震わせてよがり泣いた。

「おおっ、すごいぞ、奈月ちゃん、尻の穴もオマ×コも全快だ」

ぱっくりと開いた膣口に怒張が出入りを繰り返し、愛液が勢いよく飛び散る。アナルのほうも指で引っ張られて中の腸壁が覗いている。

「ああっ、あああん、だってえ、あああん、いいのう、ああっ、気持ちいい」

中年のAV男優のテクニックに翻弄される奈月はもう悦楽に浸りきった表情だ。

あの日、校長室で特別プログラムの説明を受けたときの、強気な彼女の面影はもう消え失せていた。

「あああっ、はうん、イク、イクイク、奈月イッちゃう」

「おおっ、締まってきた。俺もイクぞ」

自分の上でM字開脚の奈月も身体をこれでもかと男優が突きあげる。二人は呼吸の合わせるように頂点に向かっていった。

「あああっ、イクぅううう、イッ……」

背中を大きくのけぞらせ奈月は乳房が波打つほど全身を痙攣させた。ショートカットの頭ががっくりと後ろに落ちる。

何度も見てきた彼女の絶頂姿だが、いつもと違うのは切れ長の瞳が白目に近くなっているところだ。

「くう、俺もイク、おお」

男優が声をあげながら逸物を奈月の奥深くに突き立て射精した。その動きにも奈月はまったく反応しない。

「あれ？　失神しちゃったかな……」

中年男優が自分の膝の上から、奈月の身体を下ろした。

白く手脚の長い瑞々しい身体がマットに横たわる。

「さあ、奈月さん、一分以内に打ってくださいね」

進悟が声をかけるが、彼女は固く目を閉じたままピクリともしない。

「なっ、奈月さん、うっ、むむ」

気を失っている様子の奈月に愛香は慌てて声をかけようとするが、寝そべっていた守野が急に身体を起こして唇に指を入れてきた。

「それは反則だよ、愛香ちゃん」

奈月の相手よりもかなり若い守野が日焼けした顔を崩して言った。そうなのだ、愛香たちは射精を受けてから一分以内に打たなければペナルティで失格となってしまうのだ。

男優たちはそのルールを熟知したうえで二人を追い込んでいるのだ。

膣内を肉棒で打ち抜かれ全身が痺れきっている愛香は、口に入った男の指を振り切る力もない。

(ああ……奈月さん……)

ただ時計を見つめている進悟と横たわる美少女を見つめるだけだ。

「はい、一分。これで奈月さんは敗北決定です」

進悟が手をあげて言うと、ギャラリーたちがいっせいに拍手をした。その音を聞いて奈月がゆっくりと瞳を開いた。

「一分経過しました。奈月さん、あなたはイッたあと気を失っていたのですよ」

意識を取り戻して身体を起こしたものの、状況がよく理解できない様子の奈月に進悟がにやけ顔で告げた。

「え……そうですか……」

奈月は一瞬だけ驚いたような表情を見せたあと、ゆっくりと視線を下に落とした。どこか落ち着いた様子でマットの上に裸で横座りのまま動かない。

「これから一年間、たっぷりとしごいてやるからな。もちろんゴルフじゃないぞ、スケベの特訓だ」

後援会理事長の行村が下品な言葉をかけると、ほかの理事や一般会員たちがやんやと手を叩いた。

「わかって……います……」

反論することも、悲しむ様子もなく奈月はただ静かに頷(うなず)いた。

隣のマットで男の腰に跨がる愛香は、彼女の妖しげに輝く瞳に衝撃を受けた。

（ああ、奈月さん……もうすべてを捨てる覚悟なのね……）

ゴルフを捨てて快楽のみに生きていく決意を奈月は固めている。決められていたことだから仕方がないというのもあるのかもしれないが、奈月は自分の夢よりも男たちに嬲られる快感を選んだのだ。

以前の愛香なら奈月がそこまで堕ちるなど、本人から直接告げられても理解できなかっただろう。

（もう気持ちよくなることだけを考えていたいのね）

肉棒が膣内を埋め突く安心感、絶頂のあとに訪れるなにもかも満たし尽くすような幸福感。

それを知った愛香は奈月の思いを充分すぎるくらいに理解していた。

「さあ、俺も愛香ちゃんをイカせちゃおうかな」

愛香の唇の中から指を引き抜いた守野は、そのまま愛香の身体を抱き寄せ対面座位で動きだした。

「あっ、いやっ、あああっ、だめっ、あああん、あああっ」

今日初めて自らピストンを始めたプロのＡＶ男優。その巨大で硬い肉棒が濡れ堕ちた愛香の膣奥をこれでもかと突きあげた。

「はあああん、いやあ、あああん、ああっ、これ、すごい、ああん、ああ」

しかも守野はただ突くだけではなく、ピストンに緩急をつけたり腰を回したりと予想外の動きを見せている。

すっかり女の快感に目覚めてしまった十七歳の肉体は自在に翻弄され、乳首が尖りきったＧカップの巨乳を躍らせてよがり狂っていた。

「そんなにいいの？　僕のチ×ポは」

「はあああん、いいい、ああっ、すごく強い、ああん、ああ」

大きな瞳を蕩けさせ唇を半開きにした美少女は、もうどんな淫らな問いかけにも答えてしまう。

ルールでそう決められているからではない、愛香のマゾの本能が淫らな自分をギャラリーたちに晒したいと思っているのだ。

「どの辺が一番気持ちいいの？」

守野はそんな愛香の引き締まったウエストを強く摑み、左右に揺すってきた。

ピストンは続いてるので亀頭が膣奥のいろいろな場所にあたる。

「あああん、左側、あああ、そう、そこう、あああ、いい、気持ちいいっ」

濡れ堕ちた媚肉の右側を突かれたときが一番快感が強い。要望したとおりに亀頭の先端をそこに抉り込まれると全身が砕けるかと思うような快感が突き抜けた。

「ああっ、イク、イク、イクうううううう」

もうなにか考えることもできなくなり、愛香はただ一匹の牝となってのぼりつめた。

守野の肩を強く摑みながら、黒髪を振り乱して絶叫した。

（ああ……見て……愛香のいやらしいところを）

男たちの熱い視線を十代の瑞々しい素肌に受けながら、愛香は恍惚した顔を浮かべていた。

「すごいイキっぷりだね。次は僕もいっしょにイッてあげる」

守野は息を詰まらせる愛香の身体をあらためて抱き寄せると、さらに激しく突きあげていった。

「ああああっ、そんな、ああっ、いまイッて……る、あっ、はあああああん」

まだ絶頂の発作に震えている媚肉の中で再び怒張が暴れだした。

彼の動きはさっきよりもかなり激しく、愛香の身体が弾んで彼の太腿にヒップがぶつかり、バチバチと乾いた音をたてた。

「ああああっ、いやああああん、許してえ、あああん、ああああっ」

快感のうえからさらなる快感が覆いかぶさってくるような感覚に、呼吸をすることもままならない。

愛香はもう背中を弓なりにして頭を後ろに落としたまま、ただ絶叫するばかりだ。

「あああっ、ああああん、死んじゃう、ああん、あああっ」

張りの強いGカップが千切れんがばかりに弾み、野太い怒張がぱっくりと開いたピンクの膣口に出入りをする。

美少女の狂い泣く姿に男たちも息を飲んでいて、陽光に照らされた芝生のコースには甘い悲鳴だけが響き渡っていた。

「ああああああ、イク、イク、あああああっ、あああああ」

あっという間に二度目の絶頂に追いあげられ、白い肌を波打たせて十七歳のゴルファーはのぼりつめた。

ただもう部ではつらつとプレーをしていたときの愛香ではない。大人の淫婦にも負けないくらいの性の獣になり果てていた。

「くうう、俺もイクよ、愛香ちゃん。顔にかけさせて」

薬を飲んでいるので中出しでも妊娠しないと告げられているはずだが、守野はあえて愛香の身体をマットに押し倒し、その上半身の上に跨がってきた。

「くう、イク」

仰向けの愛香の肩を両脚で挟んで立ったAV男優は自ら肉棒をしごいて射精した。

理事たちよりも粘っこくて量も多い精液が愛香の丸みのある顔に注がれた。

「あっ、あうっ、ああ……」

生臭い白濁液が頬や鼻にまとわりついて糸を引く。愛香は身じろぎひとつせずに受けとめる。

二回連続の絶頂で過呼吸気味になり、全身を震わせながら唇を苦しげに開閉させていた。

「さあ、いまから一分以内にショットしてください」

そんな状態の愛香に対しても、進悟は容赦なくカウント始めた。もちろんその声は耳に入っているが手脚が痺れて動かない。

「三十秒経過です」

守野が去ったあともぐったりとしたまま動けない愛香に、進悟の冷たい声が聞こえてきた。

残り三十秒でショットしなければならない。愛香は顔にまとわりついた精液もそのままにフラフラと立ちあがった。

「ああ……」

マットから降り、シューズも履かずにティグラウンドにあがる階段に足をかけた。もう目の前にはあらかじめ置いてあったゴルフバッグがある。

(でも……なんとか打ったとしても……)

もう腕にも脚にも力が入らない。この状態で打ってもまともに飛ぶはずがないのはわかっている。

それなら第二打までに自分を取り戻して頑張ればいいのだが、いまの愛香にはもうそんな考えは湧いてこなかった。

「おっ、愛香ちゃん、まだオマ×コがパクパクしてるぞ。プロのチ×チンはそんな気持ちよかったのか」

階段をなんとか進む愛香の巨尻を後ろから覗き込んで、会員の一人が声をあげた。

(そうよ……私……ああ……すごく感じたわ。愛香はエッチな女なの)

連続して二度も達したというのに、膣奥はズキズキと疼きつづけている。まだ肉棒をほしがる貪欲(どんよく)な自分はもうゴルフをする資格などないのではないか。

(ああ、牝犬……私は恥ずかしい姿を見られるのが大好きな露出狂の淫乱娘)

校長や理事たちに何度も言われた蔑みの言葉ももう否定する気持ちにすらならない。他人の前でセックスをして生きていくのが、ふさわしい女なのだ。

「あっ」

最後の一段をあがろうとしたとき、愛香は前につんのめって転んでしまった。

どのくらい時間が残っているのかわからないがすぐに立たなければならない。

(ああ……もういい……お母さんごめんなさい)

痺れきった腕や脚に再び力をかける気持ちにはなれなかった。愛香は自分の意志でそれを拒否していた。

「はい、一分経過。愛香さん失格です」

時計を見ていた進悟がそう言うと、会員や理事たちが沸き立った。

「辰巳愛香、峰岸奈月、両名は本日をもってゴルフを引退し、マゾの淫乱女となるための訓練を一年間受けるのだ、いいな」

源造が愛香と奈月を交互に見て叫ぶ。その言葉に歓喜する理事たちを愛香も奈月も大人びた色っぽい瞳で見つめるのだった。


室内練習場に戻りシャワーを浴びて出てくると、数十人の理事や一般会員たちが全員裸で集合していた。

同じように肉棒を晒している源造と進悟に引き立てられ、ついに肉奴隷に堕ちることが決定した二人の美少女が登場した。

「おっ、最高だな。エロいぞ、二人とも」

男たちから容赦のないヤジが飛ぶ。そんな言葉をかけられても二人ともどこか虚ろな瞳で正面を見るのみだ。

(ああ……すごく見られてる……恥ずかしい私を)

Gカップの乳房を晒し同年代よりも遥かに濃い陰毛も丸出しだ。肩周りや太腿がよく発達したゴルファーの肉体。そこに淫らな視線が浴びせられている。

（もっと見て、私のエッチな身体を……）

十七歳の裸の少女を肉棒と欲情を剥き出しにした中年男が取り囲んでいる。

この異常な光景にもまた愛香は被虐の感情を燃やすのだ。

「さあ、みなさんにご挨拶です」

隣で同じように一糸まとわぬ美しい裸体を晒して立つ奈月の肩を進悟が押した。

さっきシャワー終わりに源造から二人それぞれ口上を仕込まれていた。

「ああっ、私、峰岸奈月は第五試合で気持ちよくなりすぎて失神して敗北いたしました」

口上の内容は奴隷宣言とも言えるものだった。だが奈月は頬を赤く染めうっとりとした表情で男たちと向き合っている。

Dカップの美しい乳房の先端にあるピンクの乳頭が天を突いて尖りきっていた。

「もともと私はゴルフは向いていなかったのです。だからこれからは縛られ好きのマゾの体質をいかして生きていこうと思います。どうかみなさま、奈月をきつく縛りあげてSMプレーの快感を仕込んでください」

よくとおる声ではっきりと奈月は言いきった。その後ろから進悟が縄束を取り出し彼女のしなやかな白い腕を後ろにひねりあげた。

「ああっ、ああ、ああ、いい」

見ているこちらが苦しさを覚えるくらい、胸の上下にロープが食い込み、両腕もきつく拘束される。

それでも奈月は歓喜の微笑みを浮かべながらされるがままに身を任せていた。

「さあ、次はお前だ」

苦しさと快感が入り混じった奈月の声が室内練習場に響くなか、源造が愛香のヒップを軽く叩いてきた。

「は、はい」

これから愛香は奈月と同様に自ら淫女であることを宣言しなければならない。だがもうためらう気持ちはない。

人工芝に立つ下半身をがに股気味に開くと、愛香は源造にあらかじめ命令されていたとおりに自分の指でピンクの秘裂を左右に開いた。

「ああ、私、辰巳愛香も……快感に負けて第一打も打てずに負けてしまいました。これは誰のせいでもありません。私が淫らで変態の牝犬だからです」

ゴルファーとしてどころか人間のプライドも捨てたような言葉を口にする。

そんな中で愛香はマゾの欲望が燃えあがり背中がゾクゾクと震えだすのだ。

「これからは露出狂の淫乱にふさわしい生き方を求めてみなさんと快感の追求に励んでいこうと思います。どうか愛香の身体を徹底的に調教してください。浣腸、中出し、アナルセックス、どんなことでも悦んでさせていただきます」

ときおり、声を震わせながら愛香は源造に仕込まれた口上を一字一句間違えずに言い終えた。

その間も自ら開いた媚肉はずっとヒクヒクと震え、中から愛液が溢れ出していた。

「愛香ちゃん、もう濡れてるぞ」

「ああ、そうです、あああん、愛香はみなさんに早く犯してもらいたくて興奮しています」

ここからは源造に仕込まれたものではない。自分で男根を望みながら愛香はがに股の下半身を突き出し、瞳を恍惚と潤ませるのだった。

「あうっ、あああっ、いい、あああん、くううう」

室内練習場の天井下を通る鉄骨から一本のロープが下がり、それに奈月がモデル顔負けのスタイルの身体を吊られている。

両腕と両脚をX字に開いた状態で身体中にロープがかけられ、それが天井から降りてきている一本のロープのすべて繋がれていた。

　この縛り方だと空中で両手脚を開いている奈月の体重がすべてロープかかって強く食い込み、白い肌が充血しているのが見えた。

「ああっ、くううう、すごいです、ああっ」

　一メートルほどの高さに浮かんだ奈月は顔を蕩けさせて喘いでいる。ロープが食い込む苦しさもマゾの彼女にとっては快感のようだ。

「さあいくぞ、奈月ちゃん」

　後ろに回れば大股開きで奈月の股間が晒されている。そこにいよいよ研修生を犯すことができるようになった会員が肉棒を突き立てた。

「ああっ、ひいいい、あああん、いいいっ、硬い」

　もうすでに媚肉はぐっしょりだったのだろうか、あっさりと怒張が突き立てられ、奈月が歓喜の声をあげた。

「ふふ、人のことを気にしている場合じゃないぜ」

「そうだよ。入れるよ、愛香ちゃん」

　その隣で別の二本のロープで吊されている鉄パイプに愛香はぶら下がっていた。

　奈月と違うのは愛香は拘束されているわけではなく、一糸まとわぬ姿で自ら鉄パイプを摑んでいる。

「あっ、ああ……両方同時なんて、あっ」

ちょうどつま先がつくかつかないかくらいの高さにぶら下がる、愛香の肉感的な身体を前後から二人の会員が挟んでいる。

彼らはムチムチとした愛香の両の太腿を持ちあげて完全に身体を宙に浮かせたあと、肉棒を前後の穴に向けて挿入しはじめた。

「あああっ、ああああん、ひいいい、ああああん、ああ」

がに股で空中に浮いている状態の愛香は、アナルと膣口に怒張が入ってくると同時に甘い絶叫を響かせた。

男のモノを身体に感じただけですべてがどうでもよくなる。

「あああん、気持ちいい、あああん、おチ×チン好きぃ」

ゴルフ部にいたころは常に結ばれていた唇もだらしなく半開きにし、大きな瞳を蕩けさせて愛香は肉欲に沈んでいった。

「いいぞ、愛香ちゃん。ほら手の力を緩めてごらん」

前にいる男に言われて愛香は鉄パイプを強く摑んでいる指から少し力を抜いた。

「ひいいいい、深い、ああああっ、ああああん」

鉄パイプにある指はバランスを崩さない程度に引っかけるだけとなり、愛香の身体が少し沈む。

同時に二穴に入った怒張に体重を浴びせるかたちになった愛香は、腸壁と膣奥から強い快美感を得てよがり泣く。

「どうだい？　愛香ちゃん」

天を突く怒張に己のすべてを預けている美少女を、二人は激しくピストンしてきた。

「あああっ、いい、あああん、愛香、ああっ、幸せええ」

Gカップのバストを躍らせ愛香は目を泳がせながら快感に酔いしれていく。

(ああ、もうどうなってもいい、ああ、もっと愛香を気持ちよくして)

愛香は空中に浮かんでいる身体からさらに力を抜いて、全体重を二本の肉棒に預けていく。

男たちはそんな愛香を強く突きあげ、グラマラスな十七歳の身体が宙で大きく弾みつづけた。

「あああっ、イク、愛香、イッちゃううううう、撮って、あああん、露出狂の淫乱娘の映像を残してください、ああっ、イクうううう」

周りにいる理事たちが構えたビデオカメラのレンズに蕩けきった顔を向け、愛香はもう自分はこの色地獄から抜け出すことはないと決意しながらのぼりつめるのだった。

◎本作品の内容はフィクションであり、登場する個人名や団体名は実在のものとは一切関係ありません。

◉新人作品**大募集**◉

マドンナメイト編集部では、意欲あふれる新人作品を常時募集しております。採用された作品は、本人通知のうえ当文庫より出版されることになります。

【応募要項】 未発表作品に限る。四〇〇字詰原稿用紙換算で三〇〇枚以上四〇〇枚以内。必ず梗概をお書き添えのうえ、名前・住所・電話番号を明記してお送り下さい。なお、採否にかかわらず原稿は返却いたしません。また、電話でのお問い合せはご遠慮下さい。

【送付先】 〒一〇一‐八四〇五 東京都千代田区神田三崎町二‐一八‐一一 マドンナ社編集部 新人作品募集係

M女子学院ゴルフ部巨乳特待生 闇の絶頂レッスン

えむじょしがくいんごるふぶきょにゅうとくたいせい やみのぜっちょうれっすん

二〇二一年八月十日 初版発行

著者◉藤 隆生【ふじ・りゅうせい】

発行◉マドンナ社
発売◉二見書房
東京都千代田区神田三崎町二‐一八‐一一
電話 〇三‐三五一五‐二三一一(代表)
郵便振替 〇〇一七〇‐四‐二六三九

印刷◉株式会社堀内印刷所 製本◉株式会社村上製本所 落丁・乱丁本はお取替えいたします。定価は、カバーに表示してあります。
ISBN978-4-576-21106-0◉Printed in Japan◉©R.Fuji 2021